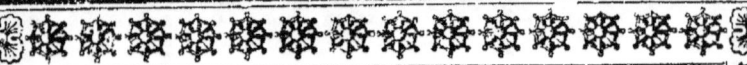

ELMASS,

ou

le Guèbre persan,

ROMAN HISTORIQUE

DONT LES PRINCIPAUX FAITS SE SONT PASSÉS SOUS LE RÈGNE DU ROI
DE PERSE ACTUEL FUTEJ-ALI-SCHAH.

Par Ch. de Seidenstam.

TOME SECOND.

PARIS.

IMPRIMERIE-LIBRAIRIE DE J.-G. DENTU,
rue du Colombier, n° 21.

1829.

ELMASS.

II.

ELMASS,

OU

LE GUÈBRE PERSAN,

ROMAN HISTORIQUE

DONT LES PRINCIPAUX FAITS SE SONT PASSÉS
SOUS LE RÈGNE
DU ROI DE PERSE ACTUEL FUTEJ-ALY-SCHAH.

PAR CH. DE HEIDENSTAM.

TOME SECOND.

A PARIS,

CHEZ J.-G. DENTU, IMPRIMEUR-LIBRAIRE,
RUE DU COLOMBIER, N° 21,
Et Palais-Royal, galerie d'Orléans, n° 13.

1829.

ELMASS,

ou

LE GUÈBRE PERSAN.

———————

CHAPITRE PREMIER.

Les maisons persanes, presque toutes bâties sur le même plan, présentent une façade très-alongée et peu profonde, située ordinairement au fond d'une cour, entourée de hautes murailles. Trois à quatre marches, placées à une des extrémités de cette façade, donnent entrée au salemlik, ou appartement des hommes; des fenêtres fort larges, commençant immédiatement sous

le toit, et allant jusqu'à un demi-
pied du sol des chambres, sont cal-
culées de manière à laisser pénétrer
l'air de tous côtés. Des volets à
coulisses, dont le bois est artistement travaillé, garantissent les appartemens de l'intempérie des sai-
sons. En hiver, lorsque le froid fait
sentir la nécessité de les tenir fermés, le manque absolu de vitrage
force les habitans de se procurer
un peu de jour au moyen de papier
huilé collé sur quelques ouvertures
pratiquées à cet effet. Les toits, de
terre battue, forment des terrasses
sans rebord, ni garde-fou, sur lesquelles on monte au moyen d'une
échelle portative. Pendant les nuits
d'été, la chaleur excessive des appartemens, force les Persans à s'y
réfugier pour y passer la nuit à l'a-

bri des insectes venimeux et incommodes qui prennent ordinairement naissance dans les maisons de terre. Le même corps de logis que nous venons de décrire présente une façade parallèle sur le derrière, dans laquelle on ne peut pénétrer que par une seule porte placée au fond du salemlik; de manière que tous ceux qui y entrent, doivent nécessairement traverser la suite de pièces dans lesquelles se tient ordinairement le chef de famille. C'est là qu'est placé le harem. Les appartemens qui le composent ont vue sur le jardin, où des ombrages touffus, des jets d'eau, des bassins, des fleurs, tout ce que le luxe de la nature et de l'art peut étaler de plus brillant et de plus agréable, est réuni pour offrir une perspective riante, tandis que les appartemens des hommes, situés sur une cour sale et négligée, exposés à toute l'ardeur du soleil levant, n'ayant en perspective que des murs de terre blanche d'une hauteur considérable, et la présence de domestiques mal vêtus, sont, il est à croire, surtout chez les Arméniens, calculés pour donner une idée mesquine de l'aisance du propriétaire, et offrent à lui-même un contraste désagréable qui doit nécessairement lui faire désirer de se retrouver dans son harem.

Tel est l'empire de l'usage en Orient, et surtout en Perse, que les chrétiens mêmes ont dû assujettir leurs femmes à toute la sévérité du harem. Ceux des Arméniens y sont sur le même pied que les harems musulmans. Le service s'y fait par des femmes; aucun homme ne peut y pénétrer sans la permission du chef de famille; et le plus souvent, elle n'est accordée qu'à ses plus proches parens. Les jeunes filles à marier y sont surtout cachées avec le plus grand soin; et il suffirait qu'un homme pût dire les avoir aperçues, pour empêcher leur mariage.

Les femmes ne sont bien mises que chez elles : hors de là, elles doivent se couvrir d'une ample étoffe blanche ou bleue qui, en cachant entièrement les formes de leur corps, leur visage et leur tête, exclut cette coquetterie d'habillement que la plupart des Européennes destinent aux étrangers, et qu'elles négligent trop souvent pour

leurs maris. Le harem, en privant
les Persanes des ressources multi-
pliées de cette éducation de société
qui, chez les autres nations, donne
au beau sexe des agrémens bien
plus piquans encore que les attraits
de la beauté, ne leur ôte cependant
rien des qualités précieuses qui font
le bonheur de leur intérieur. La
nature, libérale à tant d'égards dans
presque tout l'Orient, s'est plue
aussi à douer les femmes d'une sa-
gacité singulière, d'un instinct des
convenances et du beau, qui font
oublier en elles les torts de l'éducation. Leur maintien est noble,
leurs manières gracieuses; leur
conversation, simple et naïve, est
exempte de cet étalage de sentimens
qui, comme les eaux spiritueuses
que l'on débouche souvent, s'éva-

porent, et perdent de leurs vertus;
elles ignorent surtout cette fatuité
de savoir qui, dans d'autres pays,
tend à empiéter sur l'homme, et qui
remplace la coquetterie de la jeunesse par les prétentions d'un âge
plus avancé. Elles ne connaissent
ni la dissipation, ni les plaisirs tu-
multueux de société, qui troublent
souvent le bonheur, qu'elles appré-
cient avant tout. Contentes d'une
condition qu'elles ne peuvent comparer, ignorant ce qui se passe hors
de chez elles, elles vivent sans envie, et s'accoutument à ce calme si
doux qui donne à leurs maris l'idée
anticipée du séjour des houris. Leur
gaieté, leurs jeux, ce désir de plaire
dont la nature semble avoir doué
toutes les femmes, n'est mis en
usage par les Persanes que pour

plaire à un seul homme, et a pour lui un attrait continuel qui l'attire et le fixe.

L'ameublement du harem est fort simple; il ne consiste ordinairement qu'en tapis, sur lesquels sont rangés, près des murs, des espèces de carreaux faits de feutre de poil de chameau. Une cheminée bizarrement peinte et d'une construction singulière, occupe le milieu de chaque pièce, dont l'entrée, au lieu de porte, est toujours fermée par un tapis suspendu de manière à tomber jusqu'à terre. Les femmes du peuple s'y occupent de leur ménage; les dames d'un rang plus élevé passent leur vie à la toilette, à fumer leur callion dans les jardins, à voir danser leurs esclaves, à se faire des visites entre elles, et

à aller au bain. Elles se teignent les
sourcils en bleu, et mettent de la
cochenille en guise de rouge; des
petites fleurs peintes avec une couleur bleu-clair ornent leur sein,
qu'une chemisette fendue jusqu'au
ventre cache à peine. Un pantalon
fort large de cachemir, et le jaka
à longues manches (1), forment le
reste de leur habillement. Leur tête
est couverte d'un turban d'où s'é-
chappe leur chevelure, qui, pour
l'ordinaire, est d'une beauté et
d'une longueur extraordinaires : elles
ont le front haut, les sourcils très-
arqués; les yeux noirs, fendus en
amandes; la peau fine, de très-
belles dents, et la bouche fort petite : elles ne savent ni lire ni

(1) Espèce de jaquette qui descend jusqu'aux
hanches.

écrire, et encore moins broder,
coudre, ou faire des frivolités; tous
ces ouvrages sont exécutés par des
hommes.

Gulmé avait été transportée dans
le harem de son oncle, tandis que
lui-même, resté dans le salemlik,
s'était assis auprès d'Elmass, auquel
il prodiguait les soins les plus ami-
cals. La bizarrerie du costume que
portait le jeune Guèbre, le désordre de ses longs cheveux épars sur
ses épaules, sa figure pâle et épui-
sée, l'heureux mélange de candeur
et de finesse avec lequel il racontait
tout ce qu'il avait éprouvé depuis
son départ de Zareng, sa ville natale, contrastaient d'une manière
singulière avec son regard fier et
la noblesse de son maintien. Un
charme mélancolique répandu sur

toute sa personne forçait l'intérêt ; et Settik étonné le regardait avec admiration. En écoutant les circonstances qui avaient occasionné l'enlèvement de Gulmé, l'Arménien frissonnait de crainte, et avait peine à cacher son émotion. En effet, s'opposer à un musulman, quel qu'il soit, paraît une chose tellement impossible à un Arménien, qu'une dizaine d'hommes de cette nation réunis, préféreraient se laisser outrager et maltraiter au dernier degré, plutôt que de présenter la moindre résistance, même à un enfant persan : ils savent d'ailleurs, par une longue expérience, qu'elle serait, pour le peuple musulman, le signal des plus grands excès, et pour l'autorité celui de leur ruine. Mais aussi, les armes dont ils se ser-

vent contre ceux qui les oppriment,
n'en sont que plus sûres; et Settik
songeant à tous les dangers qui le
menaçaient lui et sa famille, résolut
aussitôt de se mettre à l'abri des
entreprises du Curde, en faisant
jouer auprès du gouverneur d'Ispahan, tous les ressorts de cette arme
terrible que les Arméniens savent
si bien manier dans un pays où la
faiblesse n'en a pas d'autre à opposer
à la tyrannie. Cette détermination
calma l'agitation que l'inquiétude
avait fait naître en lui; et prenant
affectueusement la main du jeune
Guèbre :

« Je ne puis, dit-il, t'exprimer
tout ce que mon frère et moi te
devons de reconnaissance pour nous
avoir rendu la tranquillité et le
bonheur. Savoir notre Gulmé à la

merci de cet homme féroce, aurait
été pour toute notre famille un
malheur dont rien n'aurait pu nous
consoler; le récit que tu viens de
me faire, les détails de cette nuit
affreuse, calment un reste d'inquiétude que j'avais. Mon amitié, Elmass, l'affection d'une mère qui te
devra la vie d'un enfant chéri, seront pour toi, j'en suis certain, une
récompense dont ton cœur sera satisfait; cependant, permets-moi de
t'assurer que tu n'es plus un étranger pour nous; le sort t'a rendu
orphelin, eh bien! choisis-moi pour
ton père : ma maison sera la tienne,
tu y trouveras une famille qui t'ai-
mera, et, nous connaissant mieux,
tu finiras par nous aimer aussi.
Reste au milieu de nous. »

Le jeune Guèbre écoutait avec

anxiété; une vive rougeur colora
subitement son visage. Trop agité
pour répondre, il se jeta sur la main
de Settik; mais saisi tout à coup
d'une timidité qu'il n'avait pas connue jusqu'à ce jour, il baissa les
yeux vers la terre, et resta étonné
lui-même des sensations qu'il éprouvait. Mille pensées agréables étaient
venues à la fois dilater son âme;
toute sa physionomie exprimait la
joie qu'il éprouvait; et Settik pouvait voir sur sa poitrine le mouvement vif qui faisait battre son cœur.

L'Arménien sourit; et sans attendre sa réponse : « Je vois, lui dit-
il, que tu acceptes ma proposition;
je t'en remercie. Je vais te quitter
quelques instans pour aller veiller
à notre sûreté commune. Je me
rends chez le sardar, gouverneur de

cette ville, dont je suis le banquier;
il ne me refusera pas sa protection :
j'ai, d'ailleurs, plusieurs moyens
de me le rendre propice... J'espère
que tu n'as pas de répugnance à
changer le costume bizarre que tu
portes, contre des habits arméniens,
d'autant plus que notre sûreté commune t'impose ce déguisement : je
vais donc ordonner qu'on t'en ap-
porte au plus tôt. »

Il sortit. Elmass, resté seul, ne
put long-temps contenir les élans
de sa joie. Un seul mot lui avait rendu toute sa force, toutes ses facultés. Trop agité pour rester en place,
il s'était levé, et marchait à grands
pas à travers la chambre.

« O Ciel ! pensait-il en lui-même,
l'ai-je bien entendu ?... Je passerai
ma vie auprès d'elle !... je n'en serai

pas séparé !... Qu'ai-je fait pour mé-
riter tant de bonheur ?... O mon
père ! c'est votre esprit qui veille
autour de moi, qui a guidé mes pas,
mon courage; vos vertus ont trouvé
grâce devant la puissance suprême,
et vous voulez récompenser votre
enfant. O mon père ! que ne me lais-
siez-vous regretter plus long-temps
votre perte !... Gulmé, ô Gulmé !...
tout le monde ici t'aime ; au milieu
des affections de ta famille, que t'importe un ami de plus ? Mais l'orphelin..., oh ! l'orphelin a besoin de
t'aimer... Que ne puis-je te sauver
encore !... que ne puis-je encore une
fois t'arracher des mains de cet homme féroce, et venger à tes yeux toutes les souffrances que tu éprouves !...
Tu souffres..., oui tu souffres beaucoup sans doute... »

Elmass s'était arrêté tout à coup
en prononçant ces mots ; puis, comme poussé par une pensée rapide, il
s'avança vers la porte qui conduisait au harem. Deux fois sa main
saisit le tapis qui en fermait l'entrée,
et deux fois il le laissa retomber.
Après quelques instans d'hésitation,
il sembla s'en arracher avec effort,
et alla s'asseoir sur le sopha du salemlik. Là, les deux coudes appuyés
sur ses genoux, la tête serrée entre
ses mains, il semblait lutter contre
une pensée affligeante qui venait de
le troubler. Ses joues étaient pâles ;
ses lèvres, agitées par un mouvement convulsif, ne laissaient cependant échapper aucun son qui pût
faire deviner la cause de cette émotion subite. Cependant, après quelques instans, ses membres cessè-

rent de trembler ; une douce rêverie
sembla même avoir remplacé l'agitation de son esprit. Peu à peu sa
figure redevint riante, son regard
s'adoucit : il se leva avec gravité ;
et élevant ses mains vers le ciel, il
paraissait réciter mentalement une
prière en sa langue natale, lorsqu'un des domestiques de Settik
vint l'avertir de le suivre vers un
kiosque séparé du corps de logis,
destiné aux bains.

Outre l'immense quantité de bains
publics établis dans chaque ville de
la Perse, presque tous les proprié-
taires aisés en ont dans leurs propres maisons. La forme en est ronde ;
ils sont divisés en trois chambres,
toutes éclairées par des morceaux
d'albâtre scellés dans le mur, et qui,
en répandant dans les bains une

clarté fort douce, les mettent à l'a-
bri de la curiosité des passans et des
influences de l'air extérieur.

La chambre d'entrée sert de toilette. Dans la seconde, séparée de
la première par des portes doublées
de feutre très-épais, la température
est poussée à un degré très-élevé,
et l'on s'y arrête quelques instans
pour s'accoutumer progressivement
à celle de la troisième, qui est
excessive. Le parquet de cette dernière est recouvert de dalles épais-
ses, sur lesquelles il serait impossible de poser les pieds, si, en entrant, l'on ne se chaussait de souliers de bois très-élevés. Le foyer
établi sous cette chambre, la chauffe
à tel point, qu'on pourrait la comparer à un four spacieux arrosé d'eau
bouillante. Un trottoir circulaire,

plus élevé que le parquet, est dis-
posé de manière à servir de lit et de
baignoire. Aussitôt qu'on y est couché, deux hommes, nommés *buteurs*, procèdent à la manipulation
de tous vos membres, qu'ils n'aban-
donnent qu'après les avoir fait cra-
quer l'un après l'autre. On ouvre
ensuite les robinets des fontaines
placées dans le mur, et ces buteurs
vous couvrent, à plusieurs reprises,
d'eau dont la chaleur doit être excessive, pour ne pas paraître froide
lorsqu'on a été quelque temps accoutumé à celle de cette chambre.

La sensation que l'on éprouve
en entrant dans ces bains est désagréable. La respiration manque; on
se sent suffoqué. Mais après quelques secondes, la langueur déli-
cieuse qui s'empare de tous vos

membres, cause un bien-être géné-
ral que l'on regrette toujours en
sortant de là. Aussi voit-on des Persans passer plusieurs jours de suite
dans ces bains, s'y faire accompa-
gner par des joueurs d'instrumens,
des danseuses publiques; y prendre
leurs repas; dormir du sommeil le
plus doux, même pendant l'été, et
éprouver, long-temps après en être
sortis, une légèreté et une élasti-
cité dans tout le corps, qui leur fait
désirer le bain comme un des plaisirs les plus suaves.

Au sortir du bain, l'on présenta
à Elmass des habits arméniens. Il
s'en revêtit sans répugnance; mais
les préjugés de l'enfance tracent un
si profond sillon dans le cœur de
l'homme, qu'on ne put jamais per-
suader au jeune Guèbre de laisser

couper sa longue chevelure pour
couvrir sa tête du bonnet arménien.
Settik, revenu de chez le sardar,
compâtit avec bonté à cette faiblesse, et se contenta de faire ceindre la tête de son jeune ami, d'un
schall qui en quelque sorte dégui-
sait son ancien état. Il le conduisit
ensuite au salemlik, où il lui rendit
compte des démarches qu'il avait
faites auprès du gouverneur. Il en
avait obtenu les promesses les plus
tranquillisantes pour la sûreté de sa
famille, et l'assurance qu'il veille-
rait lui-même à rendre infructueuses
toutes les entreprises du Curde.

Le jour se passa ainsi dans une
sécurité parfaite. Settik parla souvent de la santé de sa nièce; et le
jeune Guèbre, rassuré sur son état,
reprit toute la gaieté qu'on ressent

à cet âge, avec un cœur content. Son front, dont les mouvemens rapides peignaient si bien les vives impressions de son âme, ses sourcils mobiles, semblaient s'être épanouis; et cette disposition au bonheur donnait à son esprit une tournure piquante dont Settik s'amusa jusqu'assez avant dans la soirée. Vers minuit, l'Arménien se retira dans son harem; et Elmass, resté seul dans le salemlik, s'endormit, bercé par les doux souvenirs de la journée, et l'espoir d'un avenir plein de charmes.

~~~~~~

CHAPITRE II.

Gulmé avait été fort agitée pendant tout le cours de cette journée;
la fièvre et les douleurs cuisantes
qu'elle éprouvait, lui avaient occasionné, dans la nuit, un fort trans-
port au cerveau; et toutes les femmes du harem, inquiètes sur son
état, avaient été occupées à la veiller. Sa tante, effrayée des phrases
incohérentes que le délire lui faisait répéter, avait craint long-temps
pour sa raison. Cependant le re-
mède favori des Persans, les com-
presses de lait aigre mêlé avec de
l'ail pilé, avait agi d'une manière
étonnante, et, en calmant ses souf-

frances, l'avait jeté dans un sommeil profond qui dura jusque bien
avant dans la matinée. Les cha-
grins, l'inquiétude, les fatigues
qu'elle avait éprouvés depuis plus
d'un mois, ce profond désespoir
qui s'était emparé d'elle, en songeant aux malheurs dont elle était
menacée dans la tente du Curde,
avaient miné son corps délicat;
tous ses membres avaient contracté
l'habitude d'un tremblement convulsif, que le moindre bruit, la moindre émotion faisait renaître. Cependant la voix bien connue des
parentes qui l'entouraient, les soins
affectueux de sa tante, l'assurance
souvent répétée d'avoir pour toujours échappé au Curde qu'elle ab-
horrait, avaient calmé l'agitation
qu'elle éprouvait. On lui fit pren-

dre quelque nourriture; et un sommeil plus tranquille vint de nouveau exercer son influence répara-
trice sur ses facultés morales; en
s'éveillant, elle parut même avoir
retrouvé toute sa gaieté. Une joie
inconnue depuis long-temps avait
saisi son cœur; elle appelait sa tante,
l'embrassait, lui riait, et la serrait
dans ses bras avec cette effusion de
bonheur dont toute l'étendue ne
peut être bien sentie que de ceux
qui ont éprouvé de grands malheurs. Les femmes du harem étaient
dans le ravissement; toutes se pres-
saient autour de Gulmé; toutes l'ac-
cablaient de questions sans nombre.
La jeune fille, en racontant son enlèvement et les souffrances que la
brutalité des femmes curdes et de
Mehemet lui avaient causées, était

souvent interrompue par les accla-
mations des Arméniennes, qui, se
frappant les mains avec une espèce
de délire, exprimaient tout l'effroi
que ces détails leur causaient. Mais
lorsque Gulmé voulut rendre ce
qu'elle avait éprouvé en voyant
son libérateur s'élancer vers elle
sans calculer ses propres dangers,
et l'arracher à toute l'horreur de
cette position; lorsqu'un touchant
enthousiasme parut s'emparer d'elle,
et que son âme ardente sembla inspirer ses discours, ses parentes
attendries ne purent retenir leurs
pleurs.

« Je le croyais derviche, disait la
jeune fille, et je tremblais pour sa
vie; mais il est Guèbre, et il a osé
tout entreprendre pour me sauver.
O Dieu! Dieu des chrétiens! toi qui

lui as donné l'âme généreuse qu'il possède, écoute les vœux ardens que je fais pour son bonheur; récompense ses vertus, et appelle-le à... »

Dans cet instant la porte s'ouvrit, et Settik, suivi de son ami, entra dans le harem.

« Le voilà, Drui, dit-il à sa femme; le Ciel nous a refusé un fils, accepte celui-ci comme une consolation pour nos vieux jours. »

Elmass s'était arrêté. Depuis l'instant que Settik lui avait proposé de le suivre au harem, son cœur avait battu avec violence; mais en y entrant, il s'arrêta saisi d'étonnement. Les dernières paroles de Gulmé qui venaient de frapper son oreille, le son de cette voix si douce, cet œil si plein de feu, tourné d'un air pénétré vers le Ciel, avaient causé au jeune Guèbre une émotion indéfinissable.

Drui, imputant à la timidité la sensation qu'il éprouvait, s'avança vers lui, et prenant une de ses mains avec cette grâce qui encourage : « Vous voyez, lui dit-elle, dans quel état nous sommes toutes, en écoutant parler de vous; vous pouvez juger par-là de notre reconnaissance et de l'affection que nous vous avons vouée. »

Elmass, pénétré de tant de bonté, baisa avec respect la main de l'Arménienne.

Pendant cette scène, les regards de Gulmé, fixés sur le jeune Guèbre, exprimaient un intérêt vif et tendre; elle paraissait chercher à étudier les traits de son visage, et vouloir les fixer dans sa mémoire. Ses mains étaient encore jointes, et à moitié élevées vers le Ciel.

« Eh bien! Gulmé, lui dit Settik en riant, est-il si bien déguisé que tu ne le reconnaisses plus? ou bien lui en veux-tu de t'avoir privée de l'aimable société des mégères curdes?

— « Je vous dois la vie, s'écria la jeune fille, et je suis la dernière à vous exprimer toute la reconnaissance que je vous ai. » En disant ces mots, elle fondit en larmes.

« Ne me remerciez pas, s'écria le jeune Guèbre en saisissant sa main qu'il pressait sur son cœur; je suis heureux! si vous saviez combien je suis heureux!... Vous vous êtes confiée à moi sans crainte, sans répugnance. Ah! Gulmé, ja-

mais je n'oublierai cet instant!....
Que n'ai-je pu deviner vos souffrances et vous les épargner! Mais
daignez me le pardonner; n'impu-
tez pas à mon cœur ce dont mon
ignorance était seule cause? Je me
le reprocherai toute ma vie. » Gulmé
releva vivement la tête, et avec une
expression indicible : « Je ne souf-
fre plus, dit-elle, et aujourd'hui
déjà je pourrais marcher. »

· Toutes les dames du harem voulurent aussi marquer leur reconnaissance à Elmass; toutes faisaient
entendre à la fois et avec une volu-
bilité étonnante, ce gazouillement
qui est vraiment le type de la langue arménienne, et qui exprime
plus que toute autre chose, l'étonnement, la joie et l'admiration.
Elles firent asseoir le Guèbre sur un

sofa, et voulurent lui servir elles-
mêmes les confitures, le café, et
tous les cherbets en usage dans le
harem.

Elmass s'abandonna avec joie à
tout le charme qu'il y avait pour lui
dans les manières de chacun des
membres de cette famille; l'intérêt
tendre, l'affabilité de Drui, la franchise amicale de l'Arménien, venaient ajouter à chaque instant au
bien-être qu'il éprouvait. Il lui semblait qu'une longue absence l'avait
seule séparé de tout ce qui l'entourait; qu'il retrouvait un père, une
mère, des amis tendres qu'il avait
toujours aimés, et dont il possédait
depuis long-temps l'affection.

« Jamais, se disait-il à lui-même,
je ne pourrais consentir à m'éloigner
d'eux. Où irai-je, après cela, pour

ne pas mourir de désespoir ? Où irai-
je pour goûter un instant de tranquillité ? »

Les jours qui suivirent celui-
là furent des jours d'enchantement
pour Elmass : une douce intimité
s'était établie entre lui et Gulmé,
qu'il pouvait voir à chaque instant
du jour. Cette sympathie de l'âme,
qui semble interroger et répondre
sans le secours de la voix, lui avait
dit qu'il était aimé ; et dès cet instant, s'abandonnant, avec toute la
candeur de l'adolescence, à la joie
que cette assurance lui inspirait, il
avait repris sa gaieté et ces douces
sensations qui émanent du bonheur,
et qui, comme la source de la vie,
semblent s'être fixées au fond d'un
cœur heureux.

La santé de Gulmé avait aussi fait de rapides progrès : déjà le baume subtil du bonheur avait coloré sa jolie figure ; déjà elle avait oublié ses souffrances passées, pour ne s'occuper que de celui qui les avait fait cesser. Dans son esprit, assemblage heureux de sensibilité et d'innocence, la reconnaissance à laquelle elle se livrait avec toute la passion d'une âme ardente, cachait un sentiment plus impérieux, auquel elle s'abandonnait sans méfiance. Elle aimait ; et cet intérêt si tendre, qu'un mot, un coup-d'œil, un soupir trahissent, cette joie soudaine, ce trouble, cette inquiétude, causés par des riens qui faisaient tour à tour palpiter son cœur, ne lui semblaient qu'un désir inspiré par l'amitié : celui de

voir le Guèbre renoncer à sa fausse
religion, pour devenir chrétien comme elle.

« Hélas ! se disait-elle avec un désespoir réel, ce jeune homme si
brave, si bon, si vertueux, marche
vers une perdition éternelle, faute
d'une amie, d'une sœur qui veuille
l'arrêter au bord du précipice ouvert devant lui. Combien ne serait-
il pas doux pour moi de devenir
l'humble instrument que Dieu a
choisi pour le sauver,..., le sauver...,
oui, comme il m'a sauvée ! »

Cette idée, toujours présente à sa
pensée, excitait en elle une exalta-
tion sublime, qui lui faisait oublier
la timidité de son âge. Le regard
fixé sur Elmass, avec cette expression touchante qui fait bondir le
cœur et l'énivre de bonheur ; ne

pouvant plus long-temps concentrer les saintes émotions de sa foi :

« Cher Elmass, disait-elle alors,
l'enfer s'ouvre devant toi. O mon
ami ! ô mon frère ! pourquoi n'a-
vons-nous pas le même Dieu ? Combien il est déchirant pour le cœur
d'une sœur de penser que nous se-
rons séparés !

— « Quoi ! Gulmé, nous serions
séparés par la volonté de ton Dieu !
Est-il donc en contradiction avec la
nature entière ? voudrait-il séparer
ce qu'elle a uni ? Ah ! Gulmé, je
ne puis l'aimer, s'il m'effraie, si l'i-
mage que tu m'en fais est aussi mons-
trueuse.

— « O Elmass ! garde-toi bien de
blasphémer. Mon Dieu est bon, in-
finiment bon. Quel être sublime que
celui qui nous a formés, qui nous a

donné tous ces sens qui mènent au bonheur, qui a imaginé le cœur d'une mère, le dévouement d'un ami, tous les liens qui nous attachent à la terre comme les racines invisibles de ces plantes qui hument le bonheur et la vie avec leur sève! »

Elmass secouait la tête alors, et s'écriait : « Oui! c'est là l'œuvre de mon Dieu; vois-le, ô Gulmé! vois cet astre qui vient éclairer le monde! vois comme il poursuit sa carrière avec majesté! En sa présence, tout est vie, tout est lumière; loin de lui, tout périt. L'homme se débattrait vainement; il ne peut exister dans les ténèbres. Sans la chaleur qu'il répand autour de nous, que seraient les affections dont tu parles? Vois la plante flétrie par l'orage, l'arbre étendant au loin ses rameaux desséchés, le reptile que les frimats ont anéanti ; ils relèvent la tête à son approche, et soudain ses rayons leur rendent l'existence. Vois l'oiseau silencieux retrouver son chant et ses amours, à son apparition. Tout lui rend hommage dans la nature : la terre, les plantes, les animaux ; il n'y a que l'homme, l'homme seul, qui ne peut distinguer les qualités ou les défauts de son parent le plus proche, et qui veut juger de celles que doit avoir son Dieu.

— « Pauvre Guèbre ! s'écriait Gulmé transportée d'un saint enthousiasme, que sont à mes yeux et ton soleil et tous les feux auxquels tu adresses tes hommages ? que sont-ils auprès de cette infinité de mondes répandus dans l'univers ? que sont tous ces mondes, en comparaison de celui qui, d'un signe de sa main, les a tirés du néant, et qui peut les anéantir à l'instant? Ton soleil même, que sa volonté créa, doit suivre, pendant le cours des siècles, cette destinée à laquelle il l'a assujetti, sans dévier, sans pouvoir changer le but de sa création. Mon Dieu, ô Elmass! mon Dieu n'a pas de bornes; rien ne l'arrête : il est partout et en tous lieux en même temps; son temple est l'immensité : lui seul est indépendant; lui seul est grand, indéfinissable. Admire toutes les merveilles qu'il a créées; admire sa bonté, qui a rassemblé dans l'homme tous les sens qui conduisent au bonheur, au désir de le connaître, de l'adorer : il l'a fait susceptible de sentir les délices de la vie, d'apprécier la puissance protectrice qui le console, et sur laquelle il repose sa faiblesse. Lui seul nous soutient dans les misères de la vie., mêle un sentiment de volupté à l'exercice de la vertu, par l'espoir d'une récompense ; lui seul nous fait avancer sans effroi au milieu des dangers sans nombre qui nous entourent. L'existence d'un brin d'herbe, du jasmin, de la rose, tout lui doit la vie : admire cet art qui les soutient pendant des siècles, sans qu'elles perdent ni leur nuance ni leur parfum. O Elmass ! la brute suit l'instinct qui la guide ; l'arbre étend ses rameaux vers le soleil, qui lui communique sa chaleur : mais l'homme n'atteint le but de sa création, qu'en exerçant son cœur à apprécier les œuvres de l'Eternel.

Adresse-lui, ô mon frère ! tes vœux ;
il éclairera ton esprit, il purifiera
ton âme, et la remplira de sa douce
conviction. Combien ta sœur serait
heureuse de voir briller le jour où,
abjurant un faux Dieu, tu consen-
tiras à recevoir les instructions de
la vraie religion ! »

Gulmé soupirait alors, et sa tris-
tesse augmentait à mesure que les
jours s'écoulaient sans résultat pour
le vœu le plus ardent de son cœur.
D'autres fois aussi, voyant avec une
joie secrète l'irrésolution qu'elle
avait fait naître dans l'esprit du
jeune Guèbre, et le découragement
avec lequel il défendait son culte,
elle s'abandonnait à l'espoir le plus
doux, et renouvelait ses efforts avec
tout l'enthousiasme que donne le
désir de réussir.

CHAPITRE III.

Un soir, toute la famille de Settik s'était rendue dans le jardin du
harem. Le soleil brûlant de ces climats, qui avait dardé tout le jour
sur les murs de la maison, en ren-
dait l'intérieur étouffant. Dans le
jardin, au contraire, un air frais,
les exhalaisons de la terre nouvellement arrosée, le parfum des chèvre-
feuilles, de l'oranger, des bosquets
de rosiers, répandaient une odeur
suave dont l'atmosphère était em-
baumée, et ajoutaient au charme de
ce lieu, où la famille arménienne,
divisée en différens groupes, se pro-
menait dans plusieurs directions.

Settik tenant Elmass sous le bras,
suivait le côté du jardin que la lune
éclairait de ses rayons. La partie
opposée, ombragée par un mur élevé, semblait être plongée dans une
obscurité profonde; mais la voix
de plusieurs femmes, leurs rires,
parvenaient aux oreilles d'Elmass,
qui, tournant souvent la tête de ce
côté, cherchait de son regard à percer les ombres et à découvrir sa bien-
aimée. De temps en temps il semblait entraîner doucement son compagnon dans cette direction; mais
celui-ci, tout plein du sujet qui l'occupait en cet instant, avait une répugnance marquée pour se diriger
de ce côté, et tirait le jeune Guèbre
avec beaucoup plus de force du
côté opposé; de manière que la li-
gne brillante tracée par la clarté de

la lune au milieu du jardin, semblait être devenue une barrière qui
occupait en sens opposés et tacite-
ment les pensées des deux amis.

« Cela est étonnant! disait le
vieillard en faisant des efforts pour
vaincre une émotion qui lui per-
mettait à peine de respirer ; cela est
bien étonnant!... L'idée que je me
faisais de ce Curde me portait à
croire que la fureur et l'emportement étaient les seuls mobiles de
ses actions; et cependant, depuis
dix jours, il est établi tranquille-
ment dans un caffené, et y reste
avec une apathie qui m'effraie : cela
est vraiment très-étonnant!...

— «Oui, oui, répondit Elmass
en souriant, il est, comme tous ceux
de sa nation, fanfaron au milieu
de ses montagnes, parce qu'il sait

qu'on ne peut les y atteindre.

— « Ne parle pas ainsi, ô mon
fils ! ne parle pas ainsi, repartit l'Arménien d'un ton mélancolique. Dans
aucun pays, chez aucune nation on
ne pourrait trouver un peuple aussi
brave, aussi cruellement brave que
ces Curdes ; cela et la couleur de
leur peau prouve assez qu'ils sont
issus d'une race de mauvais esprits.
Sans cela, comment expliquer cette
insouciance avec laquelle un Curde
s'expose à la faim, au froid, à la
chaleur brûlante de ce soleil qui
nous terrasse nous autres, sans même
inspirer à l'un d'eux le besoin d'un
instant de repos ? Comment concevoir cet air fier, menaçant, avec lequel cette tribu, composée d'une
poignée d'individus, porte le joug
sous lequel la Perse la tient asser-

vie, sans se soumettre, sans s'avi-
lir, et sans qu'on puisse l'empêcher
de se faire craindre, et même souvent de menacer? Quel contraste
avec notre nation, dix fois plus
nombreuse! Non, mon fils, ne mé-
prise pas le Curde. Crois-en mon
expérience, la bravoure est innée
chez cette nation. Que de fois mes
yeux n'ont-ils point vu le Curde
blessé, couvert de son propre sang,
terrassé par un ennemi vainqueur,
et ne jamais se rendre! Que de fois,
au moment même de voir le poignard persan trancher le fil de ses
jours, ne l'ai-je pas entendu insul-
ter à l'homme chez lequel la nature
répugnait à arracher la vie à un ennemi vaincu, et, tandis qu'un mot
de soumission l'aurait sauvé, s'at-
tirer une mort volontaire par un

rire sardonique et des paroles plei-
nes de mépris! Cette nation ne ressemble en rien aux autres nations;
et si ce n'est pas offenser le Sei-
gneur, en prêtant foi le moins du
monde aux croyances des mécréans,
je serai prêt à dire comme eux, que
Dieu, dans sa sagesse, a créé autant de genres différens d'hommes
sur la terre, qu'il y a de genres d'a-
nimaux : et certes, dans ce cas, je
n'hésiterai pas à dire que le Curde
est celui des humains de la création
qui ressemble le plus au lion.

— «Au lion? répéta Elmass impatienté; dites plutôt au chat, et
rien de plus.

— «Tant pis! repartit Settik;
voilà justement ce qui cause ma
crainte. Si ce Curde joint l'astuce au
courage, c'est l'ennemi le plus dan-

gereux que nous puissions avoir....
Que Dieu daigne avoir pitié de
nous! »

L'Arménien, semblable à ces
gens qui, en exagérant d'une manière outrée leurs dangers, espè-
rent stimuler ceux qui les écoutent
à trouver des raisons capables de
dissiper leurs inquiétudes, s'était
arrêté, et semblait attendre une réponse ; mais Elmass, que ce sujet
impatientait, se contenta de hausser
les épaules, mouvement que son
compagnon n'aperçut pas.

« Le sardar, continua Settik, m'a
fait dire plusieurs fois de me tenir
sur mes gardes ; de veiller surtout
à ce que toutes mes portes soient
bien fermées, car il ne peut répondre d'un coup de main. Je crois, en
effet, que c'est là le plus grand dan-

ger que nous ayons à redouter. Ce
Curde et son compagnon ont souvent rôdé dans cette rue; mais ils
ignorent que Gulmé se trouve ici.
Hélas! s'ils l'apprenaient, que pour-
raient ces murs contre des enragés
comme eux?

— «Ne craignez rien, répondit
Elmass en cherchant à raffermir sa
voix, qu'une forte émotion faisait
trembler de colère à cette idée;
nous avons des armes, et c'est ce
qu'ils ignorent. Les Persans veulent que les maisons des Arméniens
restent sans défense, afin de pouvoir les envahir à leur volonté; mais
je jure qu'avant de laisser pénétrer
ici ce voleur nomade, je lui ferai
éprouver.....

— «Ah! mon fils, que veux-tu
faire contre des musulmans? Si par

malheur tu en blessais un seul, que
deviendrions-nous tous tant que
nous sommes? Le gouverneur même
ne pourrait nous soustraire à la rage
de la populace; elle ne laisserait
pas pierre sur pierre de cette maison. O Elmass! tu ignores encore
que la seule défense de l'Arménien
est la soumission, et surtout l'humilité la plus respectueuse devant
le fort qui l'opprime: On nous accuse d'être rusés, rampans, astucieux... Mais quel autre parti avonsnous à prendre pour sauver nos familles? C'est en prosternant son
front dans la poussière que le faible,
en ce pays, peut détourner le couteau qui le menace.

— « S'il faut suivre cet exemple,
n'exigez jamais de moi que je devienne chrétien, s'écria Elmass d'un

air menaçant. A quoi serviraient le bien-être et les richesses qu'il faudrait acheter par l'abjection? J'ai fui mon pays, j'ai abandonné le foyer sacré de ma famille; aujourd'hui je me ferai déchirer en morceaux avant de me soumettre à voir le Curde entrer triomphant dans cette maison. Non... jamais... Si je meurs, je mourrai content; je l'aurai délivrée pour toujours. Elle... elle seule bénira ma cendre; mon souvenir sera toujours présent à sa pensée. Mais vous, si ous avez un danger à craindre, reniez-moi, rejetez-moi. Je suis Guèbre, et le serai toujours. Ma nation a aussi compté des lions dans sa race; et pendant bien des siècles, aucune tribu, aucun peuple n'a pu se comparer à elle.

— « Calme-toi, ô mon fils, s'é-
cria Settik, aussi effrayé qu'étonné
de cette véhémence; j'espère que
nous n'avons aucun danger à redouter; le gouverneur est un brave
homme.... Oui, c'est un très-brave
homme, répéta le vieillard en tous-
sant deux ou trois fois. D'ailleurs,
il sait très-bien que Settik et son
frère n'ont jamais épargné les se-
quins pour payer un service.....
Qu'aurait-il à gagner avec ce Curde?
oh oui..., il a déjà calculé toutes sses
chances; peut-être même veut-il
en m'effrayant?... Oui, oui..., c'est
un brave homme...»

Les pas précipités d'un individu
qui s'approchait en ce moment firent tressaillir Settik : il s'arrêta à
l'instant, et se tourna vers l'endroit
d'où venait ce bruit, dans l'espoir

de distinguer celui qui, à cette
heure de la nuit, avait franchi l'enceinte du harem ; mais plusieurs
arbrisseaux le cachaient encore à sa
vue. Incapable de contenir son impatience plus long-temps, il s'écria
d'un ton ému : Qui va là ?

« C'est moi, saap (maître), »
répondit une voix forte que les deux
amis reconnurent aussitôt.

— « Eh bien ! que veux-tu, Rakel ? Personne n'est entré, j'espère ?
les portes sont bien fermées, j'espère ? Quelle affaire.....

— « Saap, un étranger demande
à vous parler ; dois-je le faire entrer ?

— « Un étranger ?... Et qui est-il ?
Persan ? Arménien ?... Quel est son
nom ? que demande-t-il à cette heure
de la nuit ?... Qu'on se garde bien

d'ouvrir ; entendez-vous, Rakel ?
qu'on se garde bien d'ouvrir aucune
porte ! »

Et en même temps, soit inquiétude, soit désir de s'assurer par
lui-même quel était cet étranger,
Settik s'avançait vers la maison
avec précipitation.

« A la manière dont on frappe,
continua Rakel, il faudra bien ouvrir, si l'on ne veut voir la porte à
bas.

— « La porte à bas ? » s'écria Settik en s'arrêtant comme attéré, et se
tournant vers son valet comme pour
lui demander l'explication d'une
énigme ; puis il fit un mouvement
pour saisir le bras du jeune Guèbre ;
mais celui-ci, peu attentif à ce que
Rakel avait annoncé, et ne voyant
dans son arrivée qu'un moyen de

s'échapper, avait franchi en deux
sauts l'espace qui le séparait de la
partie du jardin où, peu d'instans
avant, il avait entendu la voix de
Gulmé, et s'était déjà enfoncé dans
les allées tortueuses bordées d'arbrisseaux, dans l'espoir de la re-
joindre.

Vingt fois, trompé par les ombres, il s'arrêta, croyant entrevoir
au milieu des lilas et des touffes
de rosiers sa forme légère; et autant de fois déchu dans son attente,
il s'était remis en marche. Impatient de ne pas la trouver, il doubla
le pas, et finit bientôt par courir
avec une telle vîtesse, qu'en peu
d'instans il fit le tour du jardin. Il
était désert; toutes les femmes s'é-
taient retirées, et Elu ss ne dou-
tant plus que Gulmé ne fût rentrée

avec elles, il retourna à la maison.
Une inquiétude vague s'était em-
parée de lui; il parcourut les appartemens du harem sans la rencontrer; et ne pouvant plus contenir
son agitation, il s'approcha de Drui,
et lui demanda ce qu'était devenue
sa nièce. Celle-ci lui assura en souriant, qu'elle était restée, selon son
habitude, assise sur les bords du
grand bassin. Elmass venait d'y
passer : cependant, craignant de
s'être trompé, il s'élança par une
des fenêtres du harem, s'imaginant
que Gulmé avait voulu s'amuser de
son inquiétude, et que, cachée derrière les bosquets nombreux qui
bordaient le chemin, elle riait de
ses vaines recherches. Cette idée le
faisait sourire lui-même, et augmentait son ardeur; plusieurs fois

même il avait prononcé son nom
d'une voix suppliante, et s'était arrêté pour écouter plus attentive-
ment quelques sons qui venaient
frapper son oreille ; cependant, con-
vaincu bientôt qu'ils partaient de la
maison, il avait continué ses recherches, décidé à faire encore une
fois le tour de toutes les allées.
Arrivé dans la partie où l'élévation
du mur empêchait la lune de ré-
pandre sa clarté sur le chemin du
jardin, et qui par l'effet du contraste semblait dans une profonde
obscurité, il s'arrêta tout à coup,
comme frappé de stupeur. Une
lueur qui se prolongeait sur l'allée
étroite qu'il parcourait en cet instant, partait d'un trou spacieux
pratiqué dans le mur, et servait à le
faire apercevoir. Elmass s'arrêta un

instant, osant à peine en croire ses
yeux; mais bientôt l'inquiétude la
plus vive s'empara de lui; il s'approcha du mur, en examina la sur-
face, et vit que cette ouverture,
nouvellement faite, offrait un passage par lequel on pouvait facilement s'introduire dans le jardin.
Toutes les craintes dont Settik lui
avait parlé si souvent, vinrent en
cet instant se retracer à son imagination : impatient de savoir où
aboutissait cette ouverture, il la
franchit, et se trouva dans une cour
spacieuse entourée de hautes murailles, construites, comme toutes
celles du pays, par de larges cou-
ches de boue placées les unes sur
les autres, et séchées au soleil. Une
porte basse qui paraissait devoir
aboutir dans une des rues du quar-

tier était la seule issue qu'Elmass
put apercevoir; il s'en approcha, et
essaya de l'ouvrir, mais tous ses
efforts furent inutiles; elle avait été
fermée avec précaution; et malgré
les recherches les plus exactes, il ne
put découvrir aucun autre endroit
par lequel on aurait pu s'introduire
dans cette cour. Cette circonstance
calma insensiblement ses craintes :
il en vint même à penser que la
brèche du mur avait été pratiquée
par Settik, dans le but de se préparer une retraite en cas de danger.
Il sourit en songeant à cet excès de
prudence; et sans pousser plus loin
ses recherches, il passa de nouveau
par la brèche, et se retrouva dans
le jardin. Dans cet instant, les voix
qui s'étaient déjà fait entendre du
côté de la maison, devinrent plus

distinctes, et furent bientôt après
suivies de cris aigus. Elmass effrayé ne douta plus qu'elles ne fus-
sent l'annonce de quelque malheur
arrivé à Gulmé; il se mit à courir
de toutes ses forces vers le harem :
une pensée effrayante s'était présentée à son imagination ; et com-
muniquant à tous ses membres une
commotion nerveuse, elle servait
encore à précipiter sa course; arrivé près de la fenêtre du harem où
il entendait le plus de bruit, il
éleva ses deux mains au-dessus de
sa tête, et saisissant le châssis qui
servait à la fixer, il sauta dans la
chambre avant d'avoir pu voir ce
qui s'y passait. Cette apparition subite y fit cesser tout bruit, et attira
de son côté l'attention des assistans.
Elmass s'étant relevé, cherchait à

raffermir sa vue que l'éclat des lu-
mières avait éblouie, lorsqu'il en-
tendit quelqu'un crier : *C'est lui!*
le voilà! arrêtez le!

Le son de cette voix, qu'il recon-
nut à l'instant, le fit frissonner. Tout
son sang s'arrêta sur son cœur ; il
éprouva quelque chose de semblable
à l'attouchement d'un reptile venimeux. Un mouvement subit, et presque involontaire, le porta à s'élancer hors de la fenêtre par où il venait
d'entrer ; mais un soldat l'avait déjà
saisi par le bras, et s'efforçait de l'entraîner au milieu de la chambre.

Elmass, honteux du sentiment
auquel il avait été prêt à céder,
tourna contre lui toute la rage qui,
dans son cœur, venait de succéder
à la crainte : il le saisit à la gorge
avec une telle violence, que le Per-

san chancela et lâcha prise. Elmass
lui arracha le poignard qu'il portait
à sa ceinture ; et aussi prompt que
la foudre, il s'élança au milieu de la
chambre.

Pendant cette lutte d'un instant,
les gardes, peu accoutumés à voir
un giaour opposer la moindre résistance à un musulman, et encore
moins à un féroche (soldat de haute
police), avaient regardé les deux
combattans avec cet étonnement qui
semble dire : *Mais sont-ils fous ?*
Revenus bientôt de cette espèce de
stupeur, ils s'avancèrent tous à la
fois contre le jeune Guèbre, et allaient l'entourer, lorsque le poignard qui brillait dans sa main,
força ceux qui se trouvaient en face
de lui, de reculer de quelques pas
pour éviter ses coups. Elmass pro-

fila à l'instant du passage qu'ils laissajent libre, et d'un saut arriva à l'autre bout de la chambre. Il avait aperçu celui qu'il cherchait; tous ses désirs, tous ses efforts se portaient dé ce côté. Déjà il voyait la large poitrine sur laquelle il allait assouvir sa rage; déjà même il s'élançait en brandissant son poignard, lorsqu'un des gardes lui passant son bâton entre les jambes, le tourna avec une telle agilité, qu'Elmass chancela et fut renversé. Dix Persans se jetèrent aussitôt sur lui, et le convainquirent que toute résistance était inutile. On le releva. Une espèce de frisson parcourait tout son corps; il haletait plutôt qu'il ne respirait; ses yeux étaient enflammés; ses joues, pâles et livides, indiquaient les convulsions de son âme;

ses dents se serraient avec force;
et son regard, errant autour de la
chambre, semblait chercher, pour
la première fois, à connaître toute
l'étendue de son malheur.

Un homme dont la longue barbe
blanche indiquait l'âge, était assis
sur un des carreaux de feutre qui
servaient de sopha. Le manteau
rouge, à double rang de broderies,
jeté sur ses épaules, indiquait un
magistrat. Autour du bonnet poin-
tu de poil d'Astracan, coiffure ordinaire des Persans de toutes les
classes, celui-ci portait une mousseline verte, en forme de turban.
A ce signe, on distinguait qu'il était
mollah, et un de ceux qui se disent
descendans du prophète. A ses côtés se tenaient debout deux jeunes
gens habillés de même; mais la

mousseline qui entourait leur bonnet était blanche, et d'un moindre
volume. On reconnaissait, à leur
contenance, à leurs mains croisées
et passées dans leur ceinture, le
respect qu'exige la présence d'un
chef de haut rang. Plusieurs soldats, armés de bâtons, étaient rangés autour de la chambre. A quelques pas plus en avant, Settik, la
tête penchée vers la terre, le dos
entièrement ployé, cherchait à prendre l'attitude de la plus profonde
humilité. Les femmes du harem se
tenaient autour de lui, et tâchaient
de soustraire leurs visages aux regards des Persans, en les couvrant
de leurs mains et de leurs fichus.
Plus loin, un homme d'une taille
colossale, nonchalamment appuyé
sur un bâton noueux, occupait à

lui seul la porte d'entrée. Son regard étincelant était fixé sur le
groupe de femmes placé devant lui,
et semblait vouloir percer à travers
les voiles qui les couvraient. Sa figure basanée, les larges manches
de sa chemise relevées jusqu'au haut
de ses bras nerveux, qu'elles laissaient à découvert, la quantité de
pistolets, de poignards, d'armes de
toutes espèces passées dans sa ceinture, l'air sauvage de son regard,
semblaient inspirer la terreur ou
l'étonnement à tous ceux qui étaient
présens. Le mollah même jetait de
temps en temps de son côté un regard furtif dont il aurait été facile
à un œil observateur de démêler le
sens.

Cependant, Elmass n'avait prêté
que peu d'attention à tout cet en-

semble; il cherchait avec inquiétude, parmi les femmes qui étaient
présentes, à reconnaître la taille
svelte de Gulmé; mais aucune d'elles ne paraissait lui ressembler; les
jaka (1) qu'elles portaient toutes
étaient d'une couleur différente de
celui dont elle était vêtue ce jour-
là; il n'apercevait ni son turban ni
ses beaux cheveux épars sur ses
épaules. Où était-elle? Serait-elle
parvenue à se soustraire à cette
scène de terreur? Un rayon de joie
vint animer sa figure à cette pensée.

« Chien d'Arménien! s'écria
l'homme à barbe blanche en s'adressant à Elmass, l'esprit malin a soufflé

(1) Espèce de jaquettes qui descendent jusqu'aux hanches, et qui, ainsi qu'un large pantalon, composent l'habillement des Persanes dans
le harem.

sur toi son courage perturbateur, et je saurai punir la rage dont tu sembles possédé. Mais on t'accuse encore d'avoir abusé de l'hospitalité d'un vrai croyant pour lui ravir sa femme : parle, défends-toi, car le livre (1) ordonne que nous écoutions le serpent même, avant de l'écraser. Qu'as-tu fait de cette femme ? Où la tiens-tu cachée ?

— « Je n'ai enlevé la femme de personne, répondit Elmass en faisant quelque pas en ayant d'un air ferme mais j'ai voulu.....

— « Allah-ih illah ! s'écria Mehemet d'une voix aigre qui fit frissonner toute la famille arménienne ; je

_____

(1) L'Alcoran. Les musulmans, par le profond respect qu'ils ont pour le prophète, ne prononcent guère ce nom ; mais ils l'appellent *le livre.*

suis bon musulman, et je dois être
cru plutôt qu'un infidèle qui renie-
rait son père pour sauver une goutte
de son sang. Tiens, mollah, re-
garde, si tu as des yeux pour voir :
ne t'ai-je pas dit qu'il était habillé
en derviche? autrement, aurais-je
permis à un giaour de souiller mes
tentes? »

En prononçant ces mots, le Curde
s'était approché d'Elmass, et lui
avait arraché son turban. Ses longs
cheveux vinrent aussitôt couvrir ses
épaules; la teinte couleur de feu
qu'ils conservaient encore, sembla
causer un étonnement extraordinaire parmi les soldats, qui, s'a-
dressant leurs observations mutuel-
lement et à haute voix, exprimèrent
par leurs gestes combien le délit
était flagrant. Pendant quelques ins-

tans, il fut impossible d'entendre la
voix de Mehemet, qui s'était approché du chef, et lui parlait avec feu ;
mais bientôt le silence le plus profond se rétablit de tous côtés, et le
mollah éleva la voix d'un air courroucé :

« Je le vois, infidèle, toute défense est inutile ; épargne - moi les
mensonges. Tu es un idolâtre, un
adorateur du feu, un de ceux qui
font métier de souiller le nom du
saint prophète ; tu as osé singer les
prières que lui adressent les vrais
croyans... Allah! Allah! combien
ta bonté est grande envers ces chiens
qui t'offensent! Soldats, qu'on le
mène en prison. »

Cet ordre fut exécuté à l'instant.
Elmass, entraîné par plusieurs gardes, voulut se tourner pour voir en

face les femmes du harem; mais ce
mouvement, mal interprété, lui va-
lut les plus mauvais traitemens. Il
se soumit donc sans résistance, et
se trouva bientôt hors de la maison.

Après une marche assez longue,
l'escouade qui le conduisait étant arrivée dans le quartier persan, elle
le fit entrer dans une cour spacieuse, où l'on apercevait une loge
à plusieurs fenêtres, qu'une lumière
vacillante éclairait. Les soldats y
entrèrent; et ayant réveillé un
homme couché sur un des bancs
scellés le long des murs d'une chambre basse et étroite, ils y firent asseoir leur prisonnier, et prirent
place eux-mêmes. Aly se leva en
jurant, ralluma le feu presque
éteint d'un brasier qui occupait le
milieu de cette espèce de caffené; et

peu d'instans après , il présenta à
chacun d'eux un callion allumé et
une tasse de café. Pendant ce temps,
un des soldats, qui paraissait supérieur en grade aux autres, raconta
à sa manière , mais avec beaucoup
de mesure, l'histoire du prisonnier,
et finit par recommander à Aly de
l'enfermer dans un des meilleurs ca-
chots ; « car, ajouta-t-il, le giaour
est riche, et te paiera bien. Il va
d'ailleurs nous donner à nous tous
un bon *bakchiche* (récompense),
pour l'avoir traité pendant tout le
chemin comme un jeune marié,
plutôt que comme un prisonnier. »

Elmass, absorbé dans ses pensées, n'avait pas prêté la moindre
attention à ce morceau d'éloquence,
que le soldat avait terminé avec ce
son de voix qui veut dire : «Vous

n'avez rien à opposer à de tels argu-
mens ; ainsi , payez. » Les regards
de toute la troupe se dirigèrent aussitôt à l'unanimité sur lui ; et Aly,
qui n'avait guère écouté que la fin
du discours, vint s'arrêter en face
du prisonnier, tenant ses clefs d'une
main et une lanterne allumée de
l'autre, dans l'attitude de quelqu'un
qui attend. Cependant, après quelques instans, impatienté de ne voir
aucun mouvement qui annonçât de
la part du prisonnier l'intention que
lui avait prêtée le soldat : « Ah, bah !
s'écria-t-il , un chien est toujours un
chien ; il ne lâche jamais prise de
bon gré à l'os où il y a quelque
chose à ronger. Allons, lève-toi, et
suis-moi ; je te donnerai un lit cette
nuit où ton dieu devra faire un mi-
racle pour te réchauffer. »

II.   7

~~~~~~

CHAPITRE IV.

Il sera peut-être nécessaire ici de mettre le lecteur à même de connaître la manière dont la justice se rend en Perse, au moins d'après ce qu'en a vu l'auteur pendant son séjour en ce pays.

Le roi est juge suprême; sa juridiction s'étend sur toutes choses, et ses jugemens sont sans appel. Ceux de mort sont exécutés à l'instant, le plus souvent en sa présence, par ses conlars et les féroches, qui, attentifs à ses moindres gestes, s'emparent d'un coupable, le fouettent, coupent ses oreilles, lui ouvrent le ventre, le noient ou l'enterrent vif, selon les ordres du schah, pendant que celui-ci continue à fumer son callion, assis devant une fenêtre basse, d'où il rend ses sentences, et au pied de laquelle les coupables sont menés avec leurs accusateurs et les témoins.

Cette justice distributive, très-prompte, comme on peut le voir, ne pouvant cependant être rendue par le roi en personne dans toute l'étendue de son royaume, il y a dans chaque ville des juges, ses représentans, dont les sentences ont la même valeur, et sont exécutées à peu près avec la même promptitude.

Ces juges se divisent en deux classes, les darogas et les cazis. Les cazis sont chargés de tout ce qui concerne la police parmi le peuple, comme affaires d'argent, vols, disputes, achats, ventes, etc. Ils se tiennent plusieurs heures par jour sur la place publique, où ils reçoivent plainte, prennent des informations, et jugent. En moins de deux heures, une affaire est ordinairement terminée, et les coupables punis.

Les darogas, supérieurs en grade aux cazis, jugent les crimes de plus haute importance, ceux surtout que l'on croit appeler la sentence de mort, et font exécuter les coupables par leurs valets.

Ce sont là les juges des tribunaux appelés *du roi;* mais il est une autre jurisprudence en Perse que celle suivie à ces tribunaux, et celle-là a aussi ses juges : c'est celle du Coran. Si l'on suivait toujours et en tout ces lois, il est bien des circonstances où elles seraient atroces, et en-

leveraient à tout homme qui n'est
pas musulman ses biens et la vie,
sans aucune opposition. Les douze
imams qui ont commenté le Coran,
et qui en ont fait un code, n'ordon-
nent pour punition, à l'assassin
d'un chrétien, qu'une purification
semblable à celle ordonnée pour une
souillure contractée par l'attouchement d'un cochon. Selon eux, un
musulman n'est pas obligé de garder la foi donnée à un chrétien, ni
de lui payer une dette, lors même
qu'il en aurait signé l'obligation :
de même, s'il respecte ses proprié-
tés, cet acte est regardé comme une
action généreuse, mais non pas
obligatoire.

Les tribunaux du roi, quoique
regardés par les Persans comme
abusifs, et par cette raison appelés

ourfa, c'est-à-dire *de force*, cassent les sentences injustes du Coran, et décident alors eux-mêmes. Dans ce cas-là, les juges, selon le Coran, deviennent incompétens, et ne doivent plus se mêler d'une affaire portée au tribunal royal. Ainsi, quoique bien des personnes croient en Europe que le Coran est le code civil, pénal, religieux et politique de l'Asie, cette explication pourra faire connaître jusqu'à quel point cette assertion est fondée.

Les mollahs sont les grands-juges d'après le Coran; et les mosebs, grade inférieur de ce même tribunal, sont chargés de la police exécutive dans chaque ville. La plupart des Persans, naturellement superstitieux, ne veulent être jugés que par ce tribunal, et n'en appellent jamais de ses sentences : mais les chrétiens ne s'y soumettent que pour la forme, et en rappellent aussitôt après aux tribunaux du roi, leurs protecteurs naturels.

Les mosebs font crier le prix des denrées, veillent à ce qu'elles se vendent à juste poids, font des rondes pendant la nuit pour maintenir le bon ordre, arrêtent les malfaiteurs et les gens suspects, envoient les intimations de comparaître par leurs valets, et font exécuter en leur présence tous les jugemens des tribunaux, selon le Coran.

Il n'y a point d'écritures, en Perse, pour ces sortes d'affaires : on paraît devant le juge avec des témoins; et aussitôt que la plainte a été portée, il fait comparaître la partie adverse. Chacun plaide sa

cause en personne. Le moseb dé-
cide et fait exécuter sur l'heure la
sentence du Coran, adaptée au cas
dont il est question ; mais s'il croit
que le crime appelle la sentence de
mort, il en réfère au mollah. Si le
coupable est un assassin, il doit
payer le prix du sang aux parens de
celui qui a perdu la vie : le moseb
en fixe la valeur ; mais si les parens
persistent à ce qu'il subisse une punition, on leur livre le coupable,
et alors ils en font ce qu'ils veulent.
Ces exécutions, qui se voient fré-
quemment en Perse, sont tout ce
qu'on peut imaginer de plus horrible, à cause des cruautés qu'on y
exerce. C'était à ce tribunal qu'Elmass devait comparaître le lende-
main.

CHAPITRE V.

Le jour commençait à éclairer la
cime des montagnes qui s'élèvent à
la gauche d'Ispahan : l'imam faisait
déjà entendre sa voix monotone du
haut des minarets ; mais le silence
le plus profond régnait encore de
tous côtés dans les maisons. On n'a-
percevait, d'un bout à l'autre des
longues rues du quartier arménien,
que quelques-uns de ces chiens sans
maîtres qui les encombrent à toutes
les heures, et qui, continuellement
aux aguets, attendent leur nourriture de la charité des habitans. Un
groupe de ces animaux attroupés
devant une porte de ce quartier, la

queue en mouvement et l'oreille en l'air, faisait deviner qu'un individu, qu'on ne pouvait encore apercevoir, y était arrêté. Cet homme, qu'une longue attente semblait impatienter, s'était levé plusieurs fois, avait regardé la maison devant laquelle il était assis; mais, toujours retenu par un pouvoir secret, il avait hésité à y entrer, et était retourné s'asseoir sur le banc de pierre qui était placé en face. Cependant, la clarté qui s'élevait en ce moment du côté de l'orient, sembla porter son impatience à son comble; il s'approcha de la porte, l'ouvrit, et cria à plusieurs reprises : *Mehemet! Mehemet!* « Ce brutal, continua-t-il plus bas; voilà quatre bonnes heures qu'il me laisse en védette; il n'a pu encore en finir avec sa belle, et

je réponds qu'il n'en finira jamais.
La poulette saura très bien lui faire
fausser tous les sermens qu'il a faits;
Dieu sait même si, en ce moment,
elle ne le prêche pas, afin d'en faire
un giaour. Tout cela me serait pour-
tant bien égal, si je pouvais aller
aussi là-dedans; je fouillerais les
poches de l'Arménien, et j'oublie-
rais...

« Que veux-tu? s'écria Mehemet
en sortant tout à coup de la maison;
as-tu aperçu quelque femme?...

— « Ni femme ni diable, répondit Ibrahim; il y a quatre heures
que je suis ici, et le jour... —

— « Que la foudre les écrase tous!
s'écria Mehemet en trépignant; ils
s'entendent pour me tromper. Mais
je jure qu'elle ne m'échappera pas;
quand même je devrais mettre le

feu à toute la ville, je la découvri-
rai... Ce coquin de derviche..., qui
l'aurait cru? Eh bien! où vas-tu
donc, Ibrahim?

— « Où je vais? là-dedans. Ce
sera peut-être pour rien que, depuis
dix jours, je rôde autour de cette
maison, comme le renard autour
du poulailler! non, par ma foi;
maintenant qu'il est ouvert, je pré-
tends bien....

— « Je te défends d'y entrer, dit
Mehemet en l'interrompant de l'air
d'un homme qui se met peu en peine
de la volonté des autres; suis-moi!

— « Ouais!... non, par Allah!
s'écria Ibrahim en s'approchant de
plus en plus de la maison; si tu as
fait un pacte de parenté, cette nuit,
avec la jeune fille, tu peux bien
t'aller faire décerner une plume de

paon de plus pour ce haut-fait-là.
Mais quant aux ducats du vieil
Ar.....»

Un coup de bâton fortement ap-
pliqué, qu'il reçut sur la tête, lui
coupa la parole : il tomba sur ses
genoux ; son turban en fut affaissé ;
et le temps qu'il mit pour se rele-
ver, prouva qu'il avait été donné
de main de maître. En se relevant,
il balbutia quelques mots ; et tirant
un pistolet de sa ceinture, il le dirigea sur le Curde : mais celui-ci,
sans bouger, sans s'émouvoir, fit
un geste expressif, qui sembla pa-
ralyser le reste de force qu'il fallait
pour presser la détente. Pendant
quelques instans encore, la physionomie d'Ibrahim exprima la colère
poussée jusqu'à la rage ; mais bientôt l'irritation de tous les traits de

sa figure sembla se concentrer, et faire place à une pâleur livide qui annonçait que l'outrage qu'il avait reçu venait d'être sourdement renfermé au fond de son cœur, d'où rien ne pourrait l'effacer.

— « Marche devant moi! » continua Mehemet d'un ton qui prouvait qu'il avait la certitude d'être obéi. Ibrahim le regarda quelque temps en silence, comme indécis encore sur le parti qu'il allait prendre; mais bientôt une pensée secrète parut avoir fixé son irrésolution; il remit son arme dans sa ceinture; et appuyant le pied fortement à terre comme un homme qui marche sur un terrain difficile, il s'avança vers la rue.

« Déjà deux fois, reprit Mehemet d'un son de voix visiblement ra-

douci, tu t'es oublié avec ton maître! tu manges mon pain et mon sel
depuis quatre ans. Est-ce donc un
serpent que j'élève dans mon sein? »

Ibrahim ne répondit rien, et continua sa marche rapide vers le caffené que les deux Curdes avaient
choisi pour habitation.

Mehemet le suivait de loin; mais
après quelques instans, oubliant la
cause de son emportement, ou dé-
sirant peut-être s'en faire pardonner les suites, il se rapprocha insensiblement de l'homme d'armes,
et posant sa large main sur son
épaule :

« Tu as l'air bien pressé, Ibrahim,
lui dit-il ; tu cours vers le caffené
comme un cheval du désert à l'approche d'un puits. Je ne t'ai jamais
vu prendre si peu d'intérêt pour

l'affaire qui me retient à Ispahan ? »

Ibrahim ralentit sa marche, et balbutia quelques mots que le Curde voulut bien prendre pour une réponse.

Veux - tu savoir des nouvelles de ce derviche ?..... Eh bien ! je te dirai que ce n'est ni un giaour, ni un Juif, ni un Indou, mais un Guèbre, un idolâtre qui a souillé ma tente, et s'est joué de huit braves Curdes... Tu parais étonné ? oui, oui, c'est bien étonnant en effet. Mais ce qui t'étonnera encore plus, c'est que moi, moi, Mehemet, aux cinq plumes de paon, je n'ai pas écrasé ce reptile. Ne me demande pas ce qui a pu me retenir ; mes yeux étaient fascinés par les magies de ces chiens ; je la voyais là, devant moi ; rien ne pouvait plus la soustraire à mon

pouvoir; eh bien! elle a disparu
tout à coup; mes recherches, mes
menaces, tout a été inutile; mais
je jure, par Aly, qu'elle sera ma
femme. »

L'air sombre et soucieux d'Ibrahim avait fait place un instant à
l'expression d'une joie grossière;
mais comprimant presque aussitôt
les traits de son visage, il chercha
à donner assez d'assurance à son
regard pour fixer Mehemet sans
hésiter. « Eh! quoi, lui dit-il, ils
se sont échappés tous deux?

— « Le Guèbre est entre les mains
de ceux qui interprètent le livre,
répondit le Curde, dont les épais
sourcils s'étaient froncés; aujour-
d'hui, ils y trouveront sa sentence
de mort; mais ils connaissent bien
peu Mehemet, s'ils croient qu'il

permettra à un autre bras de venger son offense.

— « Et l'Arménienne ?...

— « L'Arménienne a disparu. Cette maison cache une issue secrète qui aboutit dans une rue isolée : ni menaces, ni coups, ni craintes, ni prières n'ont pu forcer ces giaours à m'indiquer où s'était réfugiée la jeune fille, et j'ai fini par croire qu'ils n'en savent rien ; le derviche seul a tout fait. Toi, tiens nos chevaux prêts, car cette journée verra des évènemens....»

Ibrahim garda le silence ; mais il était facile de soupçonner, d'après les regards furtifs qu'il jetait sur le visage de son compagnon, combien la bonne intelligence qui avait régné entre eux avait subi d'altération, et combien aussi il se ré-

jouissait intérieurement de voir la
mystification de Mehemet.

Bientôt après ils arrivèrent au
caffené qui leur servait d'habitation; ils y entrèrent, et prirent
place au milieu de la foule qui
commençait déjà à l'encombrer.

Il n'y a point d'auberges en Perse,
et les caravans-sérails y sont en si
mauvais état dans presque toutes les
villes où il en existe encore, que
l'on n'y loge plus. Les voyageurs
qui désirent se reposer une ou deux
nuits s'arrêtent dans les caffenés,
sortes d'établissemens dont le moindre village est fourni en abondance.
Un divan circulaire de bois gros-
sièrement travaillé, garni de nattes
de jonc, offre aux voyageurs et aux
habitués de quoi s'asseoir et se cou-
cher : chacun en y arrivant, quitte

ses souliers devant la place qu'il
va occuper, monte sur le banc, et
s'y accroupit à la manière persane,
le dos appuyé au mur et le visage
tourné vers le centre de la chambre,
où un foyer plein de charbons ardens sert à alimenter les callions
et à cuire les boissons qu'on y dis-
tribue. Lorsqu'on désire manger,
le maître du caffené fait apporter sur
un large plateau de cuivre qui sert
de table, quelques ragoûts persans
préparés dans son harem. On offre
aux assistans d'y prendre part; et
les parasites de bien des pays seraient tentés de se faire Persans,
s'ils voyaient avec quelle facilité en
cette contrée on prend place à la
table des autres. Il serait contre les
lois de l'hospitalité de faire ses repas en ces lieux sans inviter ceux

qui sont présens à y prendre part.

Les caffégis ou maîtres de ces ca-
fés, sont aussi les barbiers de leur
quartier; aussi la représentation
d'un caffené persan, ferait le sujet
d'un panorama tout à fait pittores-
que et très-varié. On voit là en
même temps des gens qui fument,
d'autres que l'on rase, ceux-ci qui
mangent, ceux-là qui dorment; plus
loin un fidèle fait sa prière, tandis
qu'à ses côtés un derviche chante et
joue du mangala. La conversation
y est presque toujours générale.

Les Persans prennent beaucoup
d'opium. Les grands seigneurs ont
toujours sur eux une boîte remplie
de pilules, de la dose à laquelle ils
sont habitués; cette qualité se nomme
afiun : mais les gens du peuple ne
pouvant en prendre d'aussi cher, se

rendent dans les caffenés, où ils en
boivent de diverses autres espèces
en décoction. La plus ordinaire,
que l'on nomme *quenar*, se fait avec
du chenevis, des feuilles de chanvre
et de la noix vomique : elle produit
des visions agréables et une espèce
d'extase dans les premiers momens,
puis anime et réveille ceux qui y
sont habitués. Les caffenés présentent, surtout à cette heure de la
journée, un coup-d'œil singulier et
plaisant. A voir les effets progressifs
que ces drogues font sur les gens
qui en prennent, on croirait se
trouver dans une maison de fous.
D'abord tristes, mornes, pâles, lan-
guissans, ils semblent se traîner
avec peine, et venir prendre place
sur les bancs qui entourent les caffenés, comme des criminels qui vont

subir le dernier supplice : mais
quelques momens après qu'on leur
a servi cette décoction, les uns se
mettent à rire avec excès ; d'autres
parlent de leurs exploits avec em-
phase, et querellent ceux qui ne
veulent pas en entendre le récit :
ceux-ci chantent, ceux-là éprouvent
des accès de tendresse qu'ils veulent faire partager à tout le monde :
et cependant aucun d'eux ne ressent
cette ivresse que donne le vin, et
qui, en causant des étourdissemens,
fait chanceler et tomber. L'effet du
quenar et de l'affiun dure cinq à six
heures, après quoi l'on retombe
dans un état de langueur et de tris-
tesse qu'une nouvelle dose peut seule
dissiper.

C'était donc au milieu d'une foule
de ces gens possédés par ce que l'on

appelle les fureurs des *terriaquis* (1),
que les deux Curdes venaient de
prendre place pour se reposer des
fatigues de la nuit dernière; mais
peu d'instans après, Mehemet, impatienté par le bruit qui augmentait
à chaque instant, ou cédant à l'inquiétude insupportable qui l'agitait,
se leva en jurant, et appela un des
garçons arméniens qui servait dans
le caffené.

« Cerquiss, lui dit-il, tu n'es
qu'un giaour, mais tu m'as rendu
de grands services ces jours-ci;
aussi tu peux compter, foi de vrai
croyant, que la récompense que tu
recevras de moi dépassera de beaucoup tes espérances... »

Ici Mehemet s'arrêta, comme

(1) *Terriaquis*, les gens accoutumés à prendre
de l'opium.

étonné de l'impression que ce préam-
bule avait faite sur le garçon du caffené, qui, loin de cacher la pensée
que ce peu de mots lui inspirait,
s'efforçait, au contraire, de donner
à sa physionomie une expression
que le Curde comprît à l'instant; et
qui signifiait à peu près : « Je connais la valeur de vos promesses.
Vous, autres musulmans, vous né
marchandez guère le service que
vous demandez; mais vous soldez
souvent celui qu'on vous a rendu
par un coup de pistolet. »

« Comment, chien! s'écria Mehemet, douterais-tu de la parole
que je viens de te donner?»

Cerquiss vit bien que sa physionomie avait parlé aussi clair qu'aurait pu le faire la langue la plus dé-
liée. Il crut que la bourse du Curde

II.   9

allait enfin s'ouvrir; et le plaisir secret qu'il en ressentit, fit épanouir
un instant sa large figure : mais le
sourire avait à peine effleuré ses lèvres, qu'il fit place à un tremblement convulsif, en apercevant le
regard enflammé de Mehemet fixé
sur lui avec une colère féroce. La
figure, la contenance, les gestes
mêmes de Cerquiss changèrent aussitôt avec une telle rapidité et en même
temps une si grande tranquillité,
que Mehemet, qui n'avait cessé de
le fixer, crut s'être mépris, et continua en ces termes :

« Ecoute. Tu sais qu'il en coûte
cher aux gens de ta nation, lorsqu'ils ont la hardiesse de nous dé-
plaire : un Curde ne promet et ne
menace jamais en vain. Tu m'avais
juré que la fille qu'on a enlevée de

mes tentes se trouvait hier au soir chez le saraf.....; elle n'y était pas. »

Le son de voix avec lequel ces derniers mots furent prononcés fit frissonner Cerquiss. Il crut y voir son arrêt de mort, et l'explication des promesses du Curde. Cette pensée le fit changer de couleur. Il voulut parler et se confondre en excuses, mais Mehemet lui imposa silence; et adoucissant sa voix, il continua :

« Je comprends ce que tu veux me dire, mais je ne me laisse convaincre que par des actions; les paroles n'ont aucun pouvoir sur moi. Maintenant, fais bien attention à ce que je vais te dire. Si tu parviens, avant ce soir, à me faire connaître dans quel endroit on a caché la

jeune fille, nous resterons amis ;
sinon..... »

Un geste expressif sembla dire le
reste. Mehemet fixa quelques instans l'Arménien, comme pour deviner l'impression que ce peu de
mots avait faite sur lui : puis, tirant cinq balles des cartouches en-
fermées dans des espèces de poches
cousues par compartimens sur le devant de son justaucorps, il les mit
dans un mouchoir brodé en pail-
lettes de diverses couleurs, qu'il
tira de sa ceinture ; et en ayant réuni les quatre coins par un nœud, il
le présenta à Cerquiss.

« Prends ceci, continua-t-il, et
va le porter à Settik de ma part. Il
connaît assez nos usages pour savoir
le danger qu'il y aurait pour lui à
mépriser un tel cadeau. La somme

que le saraf mettra à la place de ces
balles t'appartiendra, aussitôt que
tu auras découvert la jeune fille.
Pars de suite, et songe que ta réponse décidera ma conduite envers
toi. »

Le Curde se leva sans attendre de
réponse, mit ses souliers placés à
terre devant lui, et sortit du caffené
en affectant la plus grande tranquillité.

Cerquiss comprit parfaitement
ce que tout cela voulait dire. Il sentit son cœur bondir de joie en songeant au parti qu'il pourrait tirer
du cadeau dont il venait d'être chargé. Il tortilla aussitôt le mouchoir
autour des cinq balles qu'il contenait, le cacha dans son sein, et s'a-
chemina vers la maison de Settik.

Ibrahim s'était aussi étendu sur

un des bancs les plus reculés du caffené. La tête cachée dans le manteau de feutre blanc qui l'envelop-
pait tout entier, il avait essayé de
trouver dans le sommeil l'oubli du
chagrin qui pesait sur son cœur;
mais l'offense qu'il avait reçue était
trop récente : le mépris de ses compagnons d'armes qui allaient le taxer
de lâcheté, le levain de la vengeance
qui fermentait dans son sein, faisaient bouillonner son sang avec
violence, et imprimaient à tous ses
membres une agitation nerveuse qui
était devenue pour lui un vrai tour-
ment. Il avait aperçu Mehemet par-
lant à Cerquiss; et quoique trop
éloigné pour entendre leur conversation, il en avait compris le sens.
Il feignit cependant de dormir tant
qu'elle dura; mais aussitôt que Me-

hemet fut sorti du caffené, il se leva
comme soulagé d'un poids immense;
et ayant demandé une forte dose de
quenar, il l'avala d'un seul trait.
Long-temps encore il resta comme
anéanti sous le poids des pensées
affligeantes qui semblaient l'oppres-
: les convulsions de son âme se
péchissaient avec force sur son visage; ses traits, tantôt animés et
d'un rouge écarlate, se couvraient
tout à coup d'une pâleur livide; ses
yeux, entourés d'un cercle de sang,
étaient fixés sur son callion, dont
l'eau, qui bouillonnait avec fracas,
chassait une fumée épaisse que le
Curde respirait avec une espèce de
rage; sa main, posée sur les armes
attachées à sa ceinture, semblait ca-
resser un poignard dentelé avec
cette joie   donnent les

désirs furieux de la vengeance.

Cependant, après quelques instans, un rire bruyant et prolongé
sembla annoncer la fin de cette lutte
intérieure, dont le résultat parut
rendre au nomade toute sa tranquillité, et ramener sur ses lèvres ce
sourire ironique, trait perma
du visage des gens de sa nation.
Dans cet instant la voix aigre d'un
Curde qui venait d'arrêter son cheval couvert d'écume à l'entrée du
caffené, et qui appelait un des garçons, sembla fixer l'attention d'I-
brahim : il se leva avec empresse-
ment, et courut vers la porte.

« Mach-Allah (1)! s'écria-t-il en
apercevant un de ses compag

_____

(1) *Dieu soit loué!* expression dont les musulmans se servent presque toujours en commençant
une phrase.

homme d'armes du père de Mehemet. On voit, Osman, que tu avais
grande envie de visiter la ville ; ton
cheval se ressent de ton empresse-
ment.

— « Oui, frère... ; il est heureux
même que je t'aie trouvé si à pro-
pos. Indique - moi l'écurie où sont
les vôtres, car le pauvre animal est
bien fatigué. »

Ils s'écartèrent aussitôt de la foule
qui s'était rassemblée pour admirer
le cheval arabe que montait le Curde,
et lorsqu'ils furent assez éloignés
pour n'avoir pas à craindre d'être
entendus, Osman, regardant autour de lui avec inquiétude, demanda où était Mehemet.

« Allah seul peut savoir quelle
nouvelle folie il exécute en ce moment, répondit Ibrahim ; quant à

moi, je jure bien de ne jamais me mêler de pareilles affaires, Dieu nous préserve des fous et des enragés, ami Osman ! il faut s'écarter de leur chemin, ou bien marcher à eux le poignard à la main.» ....

— « Cesse tes plaisanteries, Ibrahim, je dois parler à Mehemet à l'instant même ; le danger est pressant. Notre tribu vient de se joindre à celles de Belbau et d'Hékary, qui se sont soulevées contre l'autorité d'Abbas-Mirza. Cette nouvelle arrivera ici bientôt, malgré la vitesse de ma course, et il est important pour nous de sortir au plus tôt d'Ispahan. D'ailleurs, Mehemet, aux cinq plumes de paon, a été élu d'une voix unanime pour commander ces tribus pendant la guerre ; et son père, que cet honneur a presque rendu fou de plaisir, est honteux du retard de son fils, et tremble de voir élire à sa place un chef qui ne le vaille pas. »

Ibrahim avait regardé Osman avec surprise pendant qu'il parlait; mais ses derniers mots semblèrent avoir excité sa colère au plus haut degré.

« Qui ne le vaille pas! s'écria-t-il en frappant du pied. Eh quoi! la tribu de Beilam n'a pas trouvé, sous ses tentes nombreuses, un guerrier plus digne de commander à ses braves que ce Mehemet?... Osman, cela n'est pas possible.

— « Quelqu'incroyable que cela puisse te paraître, ce n'est pas le moment d'entrer en discussion à ce sujet. Conduis-moi de suite vers notre brave chef; je veux.....

— « Ah! je conçois, continua

Ibrahim avec un ricanement bruyant
et en répétant avec ironie : *Notre
brave chef! notre chef!* Oui, je
conçois maintenant ; c'est une ruse
du vieillard pour ramener son fils
auprès de lui. C'est bien ; par Allah!
c'est très-bien imaginé.....

— « Je te dis de m'enseigner où
se trouve Mehemet! s'écria Osman
en colère : crois-tu que je veuille
perdre le fruit de trois jours de fatigues en écoutant les bavardages?»

Ibrahim continua à rire aux éclats,
et satisfait à l'idée de pouvoir con-
tribuer à tromper Mehemet, il ou-
blia pour un instant la vengeance
plus cruelle qui fermentait au for
de son cœur, et consentit à aider
Osman dans sa recherche.

CHAPITRE VI.

Cerquiss, en arrivant dans la maison de Settik, fut assez surpris d'en trouver la porte d'entrée ouverte, et les serrures brisées. Il pénétra jusqu'au fond des appartemens les plus reculés, sans rencontrer un être vivant. Le salemlik (1), le harem (2), toutes les chambres attenantes au corps de logis extérieur étaient désertes et dans le plus grand désordre. Les meubles renversés et brisés, les armoires ouvertes et dégarnies, les matelas jetés çà et là étaient une preuve de la désolation récente

(1) Appartement des hommes.
(2) Appartement des femmes.

qui avait régné dans ce lieu. En parcourant les premiers appartemens
où il avait pénétré, Cerquiss sentit
au fond de son cœur quelque chose
de semblable au malaise que donne
le remords; il se reprocha d'avoir
trahi un homme de sa religion pour
servir deux musulmans, qui n'a-
vaient que trop bien mis à profit les
renseignemens qu'il leur avait don-
nés; mais oubliant bientôt l'espèce
d'étonnement que ce premier coup-
d'œil avait excité en lui, il avança
avec inquiétude jusqu'au harem; et
n'apercevant personne, le chagrin
d'avoir perdu la récompense qu'il
avait espérée fit place à tout autre
sentiment. Une espèce de rage s'empara de lui, lorsqu'il se fut convain-
cu qu'il ne restait, de l'ameublement ordinaire aux maisons persa-

nes, que ce qui ne valait guère la
peine d'être enlevé. Il maudit mille
fois Settik et sa famille, jura de les
découvrir à quelque prix que ce fût,
et se retirait, tremblant déjà à l'i-
dée de devoir annoncer cette nouvelle à Mehemet, lorsqu'il aperçut
Rakel, qui, se glissant furtivement
dans la cour, cherchait à s'assurer
s'il pourrait rentrer sans danger dans
la maison de son maître. A la vue
d'un homme parcourant les appartemens, le domestique du saraf allait
prendre la fuite sans autre examen;
mais Cerquiss l'appelant par son
nom, et cherchant à le rassurer,
l'engagea à revenir.

Rakel ayant reconnu le garçon du
caffené, le considéra quelques instans avec surprise; puis, lui adressant la parole à voix basse:

« Cerquiss, lui dit-il, es-tu bien sûr qu'il n'y a personne là-dedans ?

— « Je puis bien t'assurer, cousin Rakel, que cette maison est aussi vide que la paume de ma main ; et c'est une chose bien étonnante, qu'en si peu de temps.

— « En ce cas, il faut nous mettre à l'abri d'une nouvelle surprise, » s'écria Rakel, un peu rassuré ; et en même temps il courut vers la porte d'entrée ; et l'ayant fermée, au moyen d'une poutre qu'il assujettit fortement par derrière, il parut respirer avec plus de facilité.

« Mais dis-moi donc, continua Cerquiss, qui espérait déjà tirer du vieil Arménien tous les éclaircissemens dont il avait besoin, est-ce la peste qui a forcé ton maître à déserter ainsi sa maison ?

— « Ne me demande rien, répondit Rakel en branlant la tête. La peste est sans doute un très-grand fléau ; mais depuis quelque temps, je suis forcé de le dire, ce n'est pas le fléau qu'un Arménien doit le plus redouter : au moins il attaque ceux que Dieu désigne, et c'est une consolation... Il faut l'avouer, il y a une grande gloire à être chrétien en ce pays, et à persister à l'être, lorsque l'on voit tous les mécréans jouir d'un bonheur et d'une tranquillité que rien ne trouble.

— « Et depuis quand oses-tu parler ainsi ? s'écria Cerquiss d'un air courroucé. N'as-tu pas honte de prononcer de tels blasphêmes, toi qui lis dans les livres saints d'un bout à l'autre, et qui nous menaces toujours de l'enfer pour de bien moindres fautes ?

— « Nous sommes de faibles créatures, Cerquiss! La Sainte-Vierge doit me pardonner les pensées qui s'emparent de moi... Ah! si j'étais à la place de ce malheureux jeune homme... Oui... oui... il y a de la gloire et du courage à persister dans sa croyance, quand on peut sauver sa tête par un peu de feinte.

— « Tu penses donc que la feinte est permise dans une occasion semblable ?

— « Je ne sais qu'en penser, cousin ; la vie est un bien très-précieux pour tout le monde : mais de quel prix ne doit-elle pas être pour celui qui aime et qui est aimé ?

— « Ainsi donc la jeune Gulmé

va se faire musulmane, cousin Rakel ?

— « Ma jeune maîtresse se faire
musulmane ! oses-tu bien penser
une telle horreur ?

— « Tu es donc fou ? car je veux
bien être damné, si je comprends
un mot à tout ce que tu dis.

— « Fou ! répéta Rakel piqué ;
on peut aisément le devenir quand
on sert des centaines de terriaquis,
comme le font ceux de nos compatriotes qui n'ont pas honte de passer leur vie à préparer des boissons
empoisonnées dans les caffenés. Mais
quand on a été, comme moi, trente
années dans une maison de chrétiens, honoré de la confiance de ses
maîtres, et fidèle à tous ses devoirs,
on se sent bien supérieur à cette
portion de notre nation que l'Eglise

réprouve, et que Dieu rejetera de son sein. »

Cerquiss, piqué à son tour du ton dont ces reproches lui étaient adressés, allait céder à une forte envie qui lui prit d'humilier le vieil Arménien ; mais sentant que le désir de réussir dans ses projets devait passer avant tout, il réprima la colère qui avait légèrement coloré ses joues ; et affectant l'air le plus contrit, il continua en ces termes :

« Tu as bien raison, cousin ; tes conseils sont comme l'affiun (1) le plus pur qui pénètre mon cœur et le rappelle dans la bonne voie : aussi je compte quitter cette place, quoiqu'elle soit bien lucrative ; je suis las de servir des musulmans ; mon

(1) *Affiun*, décoction d'opium.

unique désir est de pouvoir désormais reposer ma tête sous un toit chrétien... Si ton maître voulait!.. »

Cerquiss s'arrêta comme hésitant à expliquer sa pensée.

« A la bonne heure, à la bonne heure, reprit aussitôt Rakel d'un air protecteur ; nous verrons ce qu'il y aura à faire. Je te félicite, mon enfant ; Dieu récompensera le juste en ce monde et dans l'autre, dit l'Ecriture. Celui qui veut marcher dans les bonnes voies, doit éviter la société des démons. L'homme.....

— « Oui ! oui ! s'écria Cerquiss effrayé des citations dont il prévoyait que Rakel allait l'accabler ; je veux éviter les démons : aussi c'est avec bien de la répugnance, cousin, que je me suis chargé d'une commission..... Mais ce Curde est si méchant! il m'a tant menacé!....

— « Ce Curde! dis-tu; quel Curde?

— « Tu as bien raison, cousin Rakel, de trembler à ce seul nom; car tous ces mécréans sont des diables incarnés qui comptent pour rien la vie d'un chrétien : aussi ce n'est que par amitié pour toi que je me suis chargé de cette commission; j'ai craint, en voyant leur colère, qu'ils ne vinssent ici maltraiter, assassiner.....

— « Assassiner! quelle horreur!

— « Va, m'ont-ils dit; porte ce mouchoir à Settik le saraf : il connaît nos usages; et s'il ne nous envoie de suite ce que nous demandons, rien ne pourra le soustraire à notre ressentiment. »

Rakel prit machinalement le mouchoir des mains de Cerquiss ; et l'ayant ouvert, il resta comme frappé de stupeur en apercevant ce qu'il contenait.

« Il y a là-dedans cinq balles, continua Cerquiss : cela veut dire qu'on demande cinq cents tomans (1); sinon, ces cinq balles devront faire tomber autant de victimes de la famille de ton pauvre maître.

— « Cinq cents tomans ! s'écria Rakel en essuyant une larme qui sillonnait sa joue ridée, cinq cents tomans ! Cela est impossible ; une somme aussi énorme.....

— « Mais où est donc le saraf ? s'écria Cerquiss en interrompant son parent, qu'il croyait avoir mis dans la situation d'esprit où il le voulait

(1) Monnaie en or, de la valeur d'un louis.

pour en tirer les éclaircissemens dont il avait besoin.

— « Mon pauvre maître !... il est ruiné. Cent tomans au gouverneur pour lui donner asile ; deux cents tomans pour Gulmé..., et ceux-là il les a bien gagnés ; que Dieu les multiplie dans sa bourse ! Cinq cents encore s'il peut sauver le jeune homme, et il faudrait aussi en donner cinq cents à ces chiens de Curdes qui sont cause de tous nos tourmens ! ah ! non...., non...., c'est impossible !

— « Ainsi donc la jeune fille a été conduite chez le gouverneur ! s'écria Cerquiss pouvant à peine cacher sa joie.

— « Mon pauvre maître ! il est ruiné, continua Rakel ; et un riche ruiné, en ce pays-ci, ressemble à une éponge qu'on a desséchée en la pressurant, et qu'on finit par mettre en lambeaux, dans l'espoir de tirer encore quelques gouttes de l'essence précieuse qu'elle contenait.

— « Gulmé est donc chez le gouverneur ? continua Cerquiss impatienté ; c'est donc lui qui l'a sauvée ? Ah bien ! elle n'y sera pas longtemps, j'en réponds ; car les Curdes l'enlèveront, fût-elle même dans le harem du schah... Qui a le droit de retenir la femme d'un musulman ?

— « Vraiment ! s'écria Rakel en regardant Cerquiss d'un air surpris ; et comment sais-tu cela, toi ?

— « Ils logent au caffené, répondit Cerquiss en hésitant, et ils.....

— « Comment ! ils logent au caffené, depuis quinze jours, et tu m'en as fait un secret ? »

Le regard de Rakel, fixé sur Cerquiss avec inquiétude depuis quelques instans, sembla tout à coup avoir pénétré dans les replis les plus cachés de son âme : celui-ci démêlant dans les yeux du vieillard le sentiment de méfiance qui l'animait, resta déconcerté à l'idée d'avoir été compris.

« Je te conseille, continua Rakel en affectant un air ferme et ironique, d'aller présenter ce cadeau à mon maître dans l'endroit où il se trouve en ce moment ; tu te ressouviendras long-temps, j'espère, de ce que l'on gagne à se charger de pareilles commissions. »

Cerquiss vit bien qu'il ne pour-

rait désormais rien obtenir de Rakel : il hésita quelques instans à lui
offrir de partager la récompense que
le Curde lui avait promise ; mais
songeant aussitôt combien ce moyen
pourrait le compromettre, si Rakel
refusait d'accepter, il préféra essayer
de l'effrayer en le menaçant de la
vengeance des Curdes. Il feignit
donc de rire aux éclats des doutes
que son parent venait de concevoir ;
et affectant toute l'insouciance d'une
conscience pure, il continua en ces
termes :

« Je suis bien bon en effet de me
mêler de pareilles affaires. Eh ! que
m'importe à moi qu'il vous en arrive
mal ou bien ? j'avais cru vous rendre un grand service en empêchant
ces Curdes de venir ici faire pire
que cette nuit ; mais je vais leur

dire que je ne m'en mêle plus, et quant à toi, cousin, je voudrais pour beaucoup être ton héritier, car d'ici à un instant tu recevras une visite qui te fera apprécier les dangers que j'ai voulu t'épargner. »

Rakel, rouge de colère, parut tout à coup oublier sa timidité naturelle, et s'avança, les poings fermés, contre Cerquiss; mais comme s'il se fût repenti à l'instant de son action, ou que la contenance de son adversaire lui eût révélé la disproportion d'une pareille lutte, il passa outre, ouvrit la porte d'entrée, et toisant son parent avec dédain : « Vas, lui dit-il, vas leur dire que tu es un traître, plus infâme que tous les mécréans ensemble, puisque tu n'as pas honte de leur servir d'espion. Sors d'ici, et si jamais tu oses

y remettre les pieds, je te jure moi,
foi d'Arménien, que ni Persans ni.
Curdes ne t'empêcheront d'être roué
de coups. »

CHAPITRE VII.

A l'extrémité méridionale d'Ispahan, dans un des quartiers les plus populeux de cette ville, s'élève la mosquée d'Affiss, une des plus magnifiques de toutes celles consacrées à la mémoire d'Aly, prophète que les Persans révèrent à l'égal de Mahomet. Dix colonnes de marbre blanc soutiennent le portique avancé, au fond duquel est située la porte qui conduit dans l'intérieur du temple, et ce portique, élevé de quelques pieds au-dessus du sol, forme une estrade couverte de nattes, sur laquelle, dans les jours ordinaires, les fidèles viennent s'age-

nouiller pour faire leur namaz : les
deux escaliers qui y conduisent sont
placés aux angles opposés du temple, et présentent à tout musulman
qui y monte, un large emplacement
où il doit quitter sa chaussure. D'an-
tiques platanes que la coignée semble avoir respectés depuis des siècles,
forment, dans toute l'étendue de
l'enceinte sacrée, une tente de feuil-
lage sous laquelle quelques écrivains publics assis çà et là sur des
tapis étalés aux pieds des arbres,
attendent, le callion à la main,
qu'on vienne les employer.

Rien ne trouble ordinairement la
silencieuse tranquillité de ce lieu,
si ce n'est le murmure monotone
d'une infinité de fontaines dont les
eaux vives, après avoir passé dans
les petits réservoirs en marbre qui

servent aux ablutions préparatoires
pour les différentes prières ordon-
nées par la loi, se réunissent dans
un bassin immense placé hors de
l'enceinte de la mosquée, et sur les
bords duquel on a construit un caffené où les musulmans viennent attendre en fumant l'heure prescrite
pour le namaz.

Cependant une circonstance qui
semblait ne s'être pas présentée depuis long-temps, avait fait dési-
gner le portique de la mosquée
d'Affiss pour le lieu où devait s'as-
sembler le tribunal du Coran ce
jour-là, et le peuple, espérant devenir spectateur d'une de ces horribles exécutions qui ont tant de
charmes pour lui, faisait retentir
les rues adjacentes de ses cris, et
se précipitait dans l'enceinte sacrée

avec cette curiosité inquiète qui
semblait faire oublier aux musulmans mêmes la contenance sévère et
flegmatique qu'ils aiment à affecter.

Une garde nombreuse réunie au
pied de l'estrade dont nous venons
de parler, formait un cercle autour
d'une pierre carrée qui servait ordinairement aux vieillards et aux
magistrats pour monter plus com-
modément à cheval ; cette pierre
était occupée en cette occasion par
le criminel qu'on allait juger. A sa
chevelure teinte de kna, et flottant
en désordre sur ses épaules, on reconnaissait le Guèbre arrêté la veille
dans la maison de Settik. La populace, toujours portée à croire un
giaour coupable des plus horribles
crimes, pensait, en voyant l'appareil inusité qu'on avait déployé pour

le jugement de celui-ci, qu'il mé-
ritait déjà toute sa haine, et l'acca-
blait dès injures les plus outragean-
tes, tandis qu'une multitude d'enfans
musulmans, vrais fléaux de tout ce
qui est Juif, Arménien ou Guèbre,
lui lançait des pierres, dont quel-
ques-unes lui avaient déjà fait de
cruelles meurtrissures : des femmes
cachées sous les voiles épais de
leur costume, croyaient faire une
œuvre agréable au prophète en ex-
citant le peuple à massacrer cet infidèle, et poussaient des cris aigus
que leurs voix ampoulées ne ren-
daient que plus féroces. Les gardes,
assis à terre à la manière persane,
autour de la pierre sur laquelle le
Guèbre avait été placé, regardaient
cette scène avec l'insouciance ordinaire aux hommes accoutumés à

voir souffrir, et semblaient peu enclins à mettre fin à des tourmens qui devenaient à chaque instant plus insupportables, lorsque l'attention générale vint se porter sur une des portes de la mosquée, où le cri aigu et prolongé du tchopar qui marche ordinairement devant les personnes du plus haut rang, annonçait le mollah, qui entrait en ce moment dans l'enceinte sacrée avec le moseb, les deux muderiss interprètes du Coran, plusieurs imams subalternes, une foule de gardes, et les domestiques chargés des callions de cérémonie.

Suivi de cette escorte imposante aux yeux de tout musulman, le mollah, vêtu d'une robe fort serrée depuis les épaules jusqu'aux hanches, la tête couverte d'un bonnet vert garni d'une riche fourrure d'Astracan, monté sur un cheval arabe de la plus grande beauté, traversa la foule avec cette gravité profonde qui semble être, en Asie, le sentiment intime d'une haute dignité, et vint mettre pied à terre au bas du portique de la mosquée. Deux feruches (1) remplissant cet office consacré par les usages, le saisirent au-dessous des aisselles, et l'aidèrent à se rendre au tapis étalé sur l'estrade qui lui avait été préparée, tandis que les juges qui le suivaient prenaient place autour de lui, en promenant leurs regards sur le peuple et le criminel qui était en face d'eux, avec cette expression

_____

(1) Espèces de valets de chambre. A la cour, ce sont les chambellans qui remplissent cet office.

farouche que donne le fanatisme.

Un silence profond inspiré par le respect dont le peuple honore les juges du tribunal du Coran, avait succédé au tumulte ; le recueillement solennel dans lequel on remarquait que le mollah était plongé, en tournant dans ses doigts le chapelet mystique composé des quatre-vingt-dix grains, semblait s'être communiqué à tous les assistans. Après quelques momens que les juges avaient paru consacrer à une prière mentale, un des imams du tribunal s'avança sur le devant de l'estrade, et posant ses deux mains sur les oreilles comme pour donner plus de force à sa voix, il cria avec toutes les modulations d'usage, le verset du Coran qui commence par ces mots : *Allah-Ickber...* Dieu est

grand, Dieu est juste, et ne laisse
jamais impunis ceux qui osent l'offenser. Puis adoucissant sa voix, qui
avait eu, en prononçant ces mots,
quelque chose de menaçant, il engagea les accusateurs et les témoins
à se présenter.

En Asie, une des conditions es-
sentielles que l'on observe dans le
choix des jeunes gens appelés à devenir imams, est celle d'avoir une
belle voix; non pas dans le sens que
nous l'entendons en Europe, mais
tellement aiguë, qu'on ne peut la
comparer qu'à celle d'un soprano
auquel on serrerait la gorge. Aussi,
lorsque du haut des mosquées du
premier ordre, l'imam appelle les
fidèles au namaz, sa voix devient
quelquefois le sujet d'une admiration si générale, qu'on voit des mil-

liers de Persans s'arrêter tout à coup dans les rues pour en saisir les moindres modulations.

Celle de l'imam du tribunal du Coran, après avoir retenti sous les voûtes du temple, était parvenue jusque dans les rues adjacentes sans que personne parût se disposer à remplir le rôle d'accusateur du Guèbre.

Cette circonstance sembla avoir augmenté la curiosité de la foule, dont l'impatience commença à se manifester de tous côtés.

Le mollah, non moins fanatique dans sa dévotion que jaloux de maintenir les droits de prééminence du tribunal dont il était le chef, avait voulu donner la plus grande publicité à la condamnation d'Elmass, dans le double but d'exer-

cer un acte de justice très-édifiant,
et de fomenter la haine du peuple
contre les juges des tribunaux du
roi, dans le cas où ceux - ci vou-
draient s'opposer à l'exécution d'une
sentence de cette conséquence reli-
gieuse. Sa figure dilatée par le sentiment de sa haute dignité, et par l'importance de son propre mérite, exprimait, à ne pas s'y méprendre, la
hardiesse avec laquelle il se prépa-
rait à déployer la sévérité ascétique
et orgueilleuse du fanatisme; ses
yeux, ombragés de gros sourcils
blanchis par l'âge s'étaient, à différentes reprises, fixés avec colère
sur le criminel, dont la contenance
ferme semblait le braver; mais la
circonstance inattendue dont on a
parlé venait de changer l'expression
de sa physionomie, et semblait lui

avoir inspiré une inquiétude vague
que l'on devinait à la rapidité avec
laquelle ses regards se portaient sur
toutes les parties de l'enceinte, où
la moindre agitation faisait concevoir l'espérance de voir paraître l'accusateur du Guèbre; tandis que les
autres membres du tribunal, soit
crainte de laisser pénétrer les sentimens qui les animaient, soit désir
d'exécuter à la lettre ce principe
musulman qui dit : *Là où la tête
travaille, le corps n'est qu'une ma-
chine faite pour la porter,* restaient
dans une immobilité si totale, qu'à
les voir à une certaine distance on
aurait facilement pu les prendre
pour des statues à barbe postiche
rangées autour du mollah. La manière de s'asseoir d'ailleurs en ce
pays, habitue les hommes, dès l'en-

fance, à une flexibilité de membres
telle qu'ils peuvent rester des jour-
nées entières accroupis sur la partie
inférieure de leur corps, tellement
aplatie et reployée sous leur robe,
qu'on s'imaginerait voir des bustes
posés à terre sur un tapis carré, si
leur main, élégamment peinte de
couleurs jaunâtres, et se jouant presque continuellement dans les poils
noirs et épais de leur barbe énorme,
ne venait détruire cette illusion.

Cependant le temps s'écoulait ra-
pidement, et ne faisait qu'accroître
l'embarras du mollah, qui, ne pouvant bientôt plus déguiser l'émotion
qui l'agitait, adressa au moseb quelques mots que les assistans ne purent entendre. Celui-ci se leva aussitôt, traversa la foule avec précipitation, et sortit de l'enceinte de la

mosquée, entouré d'une garde nombreuse.

« Ami Rustam , dit un jeune Persan à un autre plus âgé, qui se trouvait à ses côtés, et dont le bonnet de poil d'Astracan , surmonté d'une pointe rouge, semblait annoncer un militaire, connais-tu le crime de ce giaour ?

— « Sans doute, répondit Rustam. Cet infidèle a nié l'existence de notre saint prophète, et n'a sûrement pas besoin de tout cet appareil pour être jugé. Si j'étais mollah, moi, je le livrerais au peuple, qui lui aurait bientôt donné tout ce qu'il mérite, au lieu de le mener ici souiller notre mosquée par sa présence.

— « Mais peut-être veut-il se faire musulman ?

— « Que le prophète nous préserve de donner le nom de *frère* à de telles gens! Le giaour a beau ceindre le turban, il sent toujours le chien ; il est hargneux sans courage, et fanatique sans religion.

— « Mais quels sont ceux qui l'accusent ? leur demanda un homme arrêté près d'eux, qu'à son vêtement déchiré et sale, à sa figure cuivrée, on reconnaissait pour un Bédouin du désert.

— « Ceux qui l'accusent ? répondit Rustam en jetant sur ce nouvel interlocuteur un regard dédaigneux; on dit que c'est un chef de la nation curde : et quoique les Curdes et vous autres Arabes vous ne marchiez pas dans la vraie voie, dans la voie qu'Aly a tracée à tout vrai croyant, cependant ils sont musulmans, et l'on doit les croire dans une affaire pareille.

— « Mach - Allah ! répondit l'Arabe avec le son guttural de sa nation, nous en disons bien autant de vous autres, et cela avec plus de raison, car la religion, comme l'eau d'un fleuve, ne peut jamais être plus pure qu'à sa source.

— « C'est un mensonge, s'écria Rustam, un gros mensonge ! Les Arabes, les Curdes et les Turcs sont des hérétiques, et le pélerinage même de Médine ne peut les laver de l'assassinat d'Assan et d'Hussein.

— « Et qui étaient Hassan et Hussein ? repartit l'Arabe, la bouche à demi ouverte, la lèvre inférieure avancée, et les bras pendans avec toute la nonchalance de sa nation.

— « Qui ils étaient ? répondit

Rustam; ils étaient fils de la bien-
heureuse fille d'Aly, de l'unique sang
du prophète, de celle.....

— « Oui, oui, continua l'Arabe
avec autant de lenteur que le Persan
mettait de vivacité dans ses répar-
ties; je sais cela, je sais cela : mais
je voudrais savoir de toi quel était
leur père? »

A cette question, Rustam parut
avoir été frappé au cœur; il fit une
grimace horrible, et sa main se
porta au poignard passé dans sa
ceinture : mais en fixant celui qui
venait de la lui adresser, il vit sur
ses traits l'empreinte d'une si grande
stupidité et de tant de bêtise, qu'il
pensa que cet enfant des déserts pé-
chait plutôt par ignorance que par
désir de l'offenser.

« Mon ami, lui dit-il en radoucissant sa voix, leur père... était un fleuve immense, un fleuve que le destin avait choisi pour être la source sacrée de.....

— « Oui ! oui ! s'écria l'Arabe en l'interrompant de nouveau, je sais cela, je sais cela ; mais si tu peux m'enseigner le nom du fleuve, j'irai y abreuver ma jument, afin qu'elle fasse aussi deux poulains à la fois. »

En prononçant ces mots, ses yeux avaient repris le feu qui leur était naturel, son corps s'était redressé, sa voix avait repris ce degré d'ironie naturelle aux gens de sa nation. Rustam, furieux, tira son poignard pour l'en percer ; mais l'Arabe, aussi leste que rusé, avait déjà disparu dans la foule, que les gardes du tribunal poussaient en ce moment, en la chargeant à grands coups de bâtons, pour la forcer à faire place au moseb, qui revenait suivi de Mehemet, d'Ibrahim et d'Osman, tous trois montés sur leurs chevaux, et couverts d'armes.

Les deux Curdes se rangèrent des deux côtés de la pierre où était placé le Guèbre, tandis que Mehemet s'avança jusqu'au pied de l'estrade, en faisant caracoler son cheval. La mousseline blanche dont son turban était formé, ajoutait un caractère de férocité encore plus prononcé à chacun de ses traits basanés. On voyait flotter autour de sa tête les cinq plumes de paon qu'il avait quittées à son arrivée à Ispahan ; et la sensation qu'elles semblaient produire sur les assistans, était une crainte et une répugnance mal déguisées, plutôt que de l'admiration.

Le reste de son costume ne pouvait qu'augmenter l'étonnement qu'on éprouvait d'ailleurs, en voyant un musulman comparaître d'une manière aussi peu respectueuse devant un tribunal de cette haute importance. Son justaucorps de drap rouge, artistement brodé en cordonnet d'or, avait les manches décousues jusqu'aux aisselles, de manière à laisser ses bras libres de toutes entraves; les larges manches de sa chemise de soie, relevées au-dessus des épaules, étaient attachées sur le dos. Outre les pistolets et le poignard passés dans sa ceinture, on remarquait un sabre à deux pointes, qui pendait sur sa hanche gauche. Une courroie, attachée au pommeau de sa selle, retenait une hache en acier, dont le fer, large et effilé, se terminait, du côté opposé au tranchant, par une espèce de marteau. Deux girits ou javelots en fer, longs d'environ deux pieds, étaient assujettis à l'endroit des arçons; et pour compléter son armure, le Curde portait sur son épaule une courte carabine, au canon de laquelle était attachée une petite boîte en or, renfermant probablement quelques feuillets du Coran, car il n'est guère de Persan qui ose marcher sans une amulette de ce genre. Pour la plupart même d'entre eux, les armes, les chevaux, les éléphans de parade, les faucons de chasse n'ont de prix qu'autant qu'ils sont à l'abri des sortiléges par un volumineux entourage de chiffons de saints, de versets du Coran, et quelquefois d'un exemplaire entier de ce livre.

Le Curde, après avoir jeté sur Elmass un regard dédaigneux et farouche, se tourna vers le chef du tribunal; et sans égard pour les formes établies par l'usage, il lui adressa la parole d'un air décidé.

« Que me veux-tu, mollah? lui dit-il; as-tu enfin trouvé la femme que ce giaour m'a enlevée? Tu connais combien je paie un tel service. »

Le mollah avait plusieurs raisons pour être embarrassé de cette question; et chacune d'elles prenait sa source dans un cœur qui offrait un mélange singulier de présomption, d'avidité, de fierté et de bassesse. Il maudit intérieurement l'arrogance du nomade qui compromettait sa dignité; mais connaissant le caractère de ces peuplades aussi hypocrites que vindicatives, et devinant à l'instant les risques dont le menaçait la franchise perfide qu'affectait celui-ci, il espéra, en flattant son amour-propre, calmer l'aspérité de ce caractère farouche, et le conduire à ses fins. Il lui répondit donc, du son de voix le plus insinuant :

« Mon fils, heureux le schah qui commande à une nation comme la tienne! car elle est aussi pleine de jugement que d'intrépidité. Dans l'affaire dont il est ici question, tu dois faire preuve d'autant de sagesse qu'en d'autres occasions tu as fait preuve de bravoure. Tu ne connais pas les lois et les usages de nos villes, bien différens de ceux que l'on suit sous vos tentes; tu es donc excusable de paraître devant ces juges respectables dans un équipage qu'ils sont peu accoutumés à tolérer en leur présence : ainsi, va quitter ton coursier, et viens expliquer les griefs contre ce giaour.

— « Et que m'importe à moi, s'écria Mehemet avec emportement, les usages de vos carrières de pierres et de boue? ceux des Curdes sont trop de mon goût, pour que je vienne ici m'en faire enseigner d'autres. Je te demande, à toi, mollah : As-tu le pouvoir de forcer cet homme à me rendre la femme qui m'a été enlevée, comme tu me l'as promis, oui ou non?

— « Sans doute, sans doute, répondit le mollah ; mais la circonstance qui a réuni ici le tribunal, doit, avant tout, appeler notre attention sur le criminel. Et toi, infidèle adorateur du feu, appelé *El-mass,* qu'as-tu à répondre à l'accu-

sation portée contre toi ? qu'as-tu à
dire pour ta défense ? parle ; je t'ordonne de parler.

—« Ecoute, interrompit le Curde, rouge de colère, en s'adressant
au Guèbre : Je jure, par la face de
Dieu, que, si tu ne m'indiques l'endroit où est cachée Gulmé, tu n'as
pas une heure à vivre; mais si tu
consens à me la rendre, que le prophète m'aveugle à jamais, si un être
vivant ose faire tomber un seul che-
veu de ta tête ! Réponds.

— « Allah ! Allah ! s'écria le mollah impatienté ; ne t'emporte pas
ainsi, comme un poulain indomp-
té : sois homme dans cette circonstance, et, avec l'aide de Dieu, tes
désirs seront accomplis. Tu as ac-
cusé cet idolâtre d'avoir singé par
dérision nos prières et les signes sa-

crés avec lesquels le prophète nous
a ordonné de louer l'Éternel. Parle
maintenant en vrai musulman devant ses juges, afin que justice
pleine et entière te soit faite.

— « Que justice me soit faite, à
moi ? repartit Mehemet avec un éclat
de rire. Par la barbe blanche que tu
portes au menton, mollah, tu es
un homme plein de jugement ! Tu
crois donc que justice me serait
faite, si tu condamnais ce giaour à
perdre la vie ? Pardi ! il n'y a pas
un Curde qui ne consentît à se l'arracher lui-même pour les yeux de
sa belle. Et que m'en reviendrait-
il, à moi ?... Mollah !... mollah ! je
t'ai payé pour me retrouver ma
femme, et non pas pour faire tuer
cet homme. Tu aurais dû savoir que
la ruse ne sert de rien avec moi,

car la finesse est une des vertus de
notre race ; et ce ne sont pas les gens
de ta robe qui pourront jamais tromper un Curde. Mais je t'apprendrai
un jour, *iche Allah* (Dieu aidant),
qu'il ne faut jamais exciter notre
ressentiment ; quant au présent, je
veux encore t'enseigner qu'un Curde
ne charge jamais personne de sa
vengeance. »

A peine Mehemet avait-il prononcé ces mots, qu'il dirigea son
cheval vers la pierre où était le Guèbre, le saisit par le milieu du corps ;
et l'ayant placé en travers sur le devant de sa selle, il s'ouvrit un passage au milieu des spectateurs ef-
frayés, traversa la foule ventre à
terre, et sortit des portes de la mosquée, suivi de ses deux compagnons.

Le tumulte qui a toujours lieu dans un nombreux rassemblement d'hommes, lorsque la foule, menacée d'un danger pressant, se précipite en arrière pour s'en garantir, tandis que plus loin elle s'efforce d'avancer pour arriver jusqu'à l'endroit où elle croit pouvoir en connaître le sujet; les cris des enfans, la frayeur des femmes et la curiosité des hommes, empêchèrent longtemps les gardes de pouvoir exécuter les ordres des juges, qui leur criaient de tirer sur les Curdes; et lorsqu'enfin ils furent revenus de leur étonnement, Mehemet était déjà hors de leur portée.

Les juges s'étaient tous levés avec précipitation; et appuyés sur le devant de l'estrade, ils alongeaient les bras comme pour ressaisir la vic-

time qui leur échappait, tandis que
le mollah, revenu peu à peu de l'é-
tat de stupeur où l'avaient jeté les
paroles du Curde, se leva avec un
calme affecté, monta sur son cheval, et sortit de la mosquée. La
foule suivit bientôt son exemple; et
en moins d'un quart d'heure, l'on
n'apercevait plus dans l'enceinte sacrée que quelques groupes arrêtés
çà et là autour des personnes bles-
sées par les chevaux, les écrivains
publics dont nous avons déjà parlé,
qui, tout en maudissant ceux qui
avaient envahi leur asile, repre-
naient avec un flegme dédaigneux
leurs places accoutumées et leurs
callions chéris.

Pendant ce temps, Mehemet,
chargé de sa victime, était arrivé
aux portes d'Ispahan, suivi de ses

deux compagnons. Il leur ordonna
d'armer leurs pistolets , dans la
crainte d'éprouver quelque résistance de la part de la garde qui y
était établie ; mais voyant tous les
soldats qui la composaient dispersés çà et là, les uns assis au pied
d'un arbre et fumant, d'autres jouant
de la mandoline ; ceux-là rançon-
nant les marchands chargés de denrées pour la ville, et aucun d'eux
occupé à garder les portes, il remit
son cheval au galop, et continua sa
course vers les montagnes qui bor-
dent, à gauche, la plaine immense
où serpente le Zenderouth. Derrière
ces montagnes est située la province
d'Irach-Arabi ; et plus loin, les
monts Zagros, où Osman lui assu-
rait qu'il rencontrerait les tribus ré-
voltées.

S'il avait pu découvrir la retraite
de Gulmé, il aurait tout entrepris
pour l'enlever, et aurait laissé le
Guèbre servir de victime au fanatisme du mollah, qui était intéressé
à seconder ses projets. Mais le gouverneur d'Ispahan étant parvenu à
mettre la famille arménienne et
Gulmé en sûreté, en les cachant
dans sa propre maison, et les agens
que le Curde avait employés ayant
entièrement perdu leurs traces, Mehemet perdit tout espoir de voir réa-
liser les promesses du mollah. Sentant en même temps l'impossibilité
de rester plus long-temps éloigné
de sa tribu, sans se déshonorer auprès de ses compatriotes, il avait
cru, en se saisissant du Guèbre, le
forcer, par les tortures, à lui livrer
la jeune Arménienne : il aurait été,

d'ailleurs, honteux pour lui de quitter Ispahan, sans s'être vengé de l'affront qu'Elmass lui avait fait; et l'espèce de bravade extraordinaire qu'il y avait à l'enlever au tribunal même, flattait trop son amour-propre pour qu'il balançât à le tenter.

Il avait poursuivi sa course la plus grande partie du jour sans s'arrêter; mais quoique le cheval qu'il montait fût de la race la plus pure de Mehervan, celle que les Curdes regardent comme la première dans l'univers pour sa vîtesse et sa vigueur, Mehemet s'aperçut vers le soir que son coursier perdait peu à peu le feu qui lui était naturel, et ne répondait plus aux coups répétés de l'étrier tranchant de sa selle que par un gémissement sourd.

« Cher Zaguir, s'écria le Curde,

combien tu dois me trouver bar-
bare de déchirer ainsi ton noble
flanc ! »

Il s'arrêta à l'instant ; et laissant
couler à terre le Guèbre, auquel
toute résistance était impossible à
cause des liens qui serraient ses pieds
et ses mains : « Frères, continua-
t-il en s'adressant aux deux hommes
d'armes qui le suivaient, laissons
nos chevaux reprendre haleine : Zaguir a souvent traversé en un jour
le pays entre Erivan et Tabris (1) ;
mais le poids d'un infidèle est une
chose si inconnue pour ses nobles
reins, qu'il refuse d'avancer. »

Ils descendirent tous de cheval
dans cet endroit, quoiqu'il ne parût

(1) L'auteur a vu lui-même un des chevaux de
cette race faire quatre-vingts milles anglais en huit
heures, sans débrider.

pas même propre à leur fournir les
faibles ressources dont un Curde
sait se contenter, pour sa nourriture et celle de son coursier. C'était
une de ces montagnes de l'Irach-
Arabi, où les nombreux tremble-
mens de terre qui tourmentent
presque continuellement ce pays,
semblaient avoir tari le suc vital de
la terre, et n'y laisser aucun signe
de végétation. Aussi loin que la vue
pouvait s'étendre, l'on n'apercevait
ni herbe, ni buisson, ni bruyère ;
pas même un brin de cette mousse
jaunâtre, à laquelle une pierre aride
semble donner l'existence. Quelques
rochers dispersés çà et là sur un terrain d'une étendue immense, étaient
les seuls spectateurs de cette scène
agreste. Le sable dur dont la mon-
tagne était formée conservait en-

core cette chaleur brûlante que le soleil du jour lui avait communiquée, tandis que la plaine, qui en faisait la base, recouverte entièrement du sel qui, en ce pays, s'empare au bout de quelques années d'un sol abandonné et inculte, semblait vouloir, par sa blancheur éclatante, imiter les sévères frimats du Nord, si peu connus en ces climats.

Elmass tombé à terre, y était resté sans mouvement; ses yeux animés et expressifs faisaient seuls deviner la cause de cette insensibilité apparente, dont la source fait oublier les souffrances extérieures les plus aiguës.

Le Curde s'approcha de lui, et le poussant rudement du pied: «Giaour, lui dit-il, ta vie est entre mes mains, et les plus affreux supplices te sont réservés, si tu refuses de me livrer Gulmé.

— « Peu m'importe, repartit le Guèbre en soulevant la tête; frappe si tu le veux; les fonctions de bourreau avaient sans doute trop d'attraits pour toi, Mehemet, fils d'Allaverdi, pour laisser à un autre le soin de s'en charger; frappe donc, et tu verras que le Guèbre est souvent moins lâche que le Curde.

— « Imbécille! repartit Mehemet, j'ai pitié de ta jeunesse; tu as perdu la raison! Que gagnerais-tu à me cacher plus long-temps la fille que tu m'as enlevée? Rends-la moi, et sauve ta vie. Si cependant l'espoir d'une récompense t'a porté à me la ravir, je puis aussi contenter ton avidité; parle, veux-tu de l'or?

— « Tu peux faire de mon corps tout ce que tu voudras, Curde; jamais tu ne sauras rien sur le sort de celle...

— « C'est ce que nous verrons, misérable! Par le turban du prophète, je jure que tu périras; c'est en vain que tu demanderas grâce, je serai inexorable! Va, tu verras bientôt ce qu'il en coûte de m'offenser. Holà, Ibrahim! continua-t-il en se tournant vers l'homme d'armes qui s'était arrêté à quelques pas, amène ici ton cheval, car cet infidèle va le monter.

— « Que je donne mon cheval à un Guèbre! répondit Ibrahim d'une voix sombre; non, sur ma religion; non, jamais, quand je devrais l'éventrer à l'instant.

— « Esclave! s'écria Mehemet

en s'avançant vers lui; est-ce bien à moi que tu tiens ce langage? Je vais t'apprendre à murmurer. »

Et il allait lui asséner un coup terrible de sa hache, lorsque Osman, se précipitant au-devant de lui, retint son bras.

« Aman (1), maître! s'écria celui-ci; aman! pour l'amour que tu portes à ton vieux père; par l'honneur de ta mère, aman!

(1) *Aman!* dicton très-usité en Asie; il est plus expressif que *grâce! par pitié!* On le dit aux Bédouins, lorsqu'on en est attaqué; et ce mot seul suffit pour les engager à prendre sous leur protection la personne qu'un instant avant ils auraient dépouillée et tuée. Les poëtes s'en servent beaucoup. Ferdusi, dans de très-jolis vers adressés à sa belle, lui dit : « Je crie *aman* à tes yeux, je « le répète à ta bouche; mais à peine ont-ils « exaucé ma prière, que tes sourcils, tes joues, « ton front, me percent de nouveaux traits : il « faut donc mourir! »

— « Misérable ! continua Mehemet en fixant sur Ibrahim ses yeux
enflammés, ose ouvrir encore la
bouche en ma présence, et je jure,
par la face de Dieu, que rien ne
pourra te soustraire à la punition
que tu mérites. »

Osman prit aussitôt le cheval d'I-
brahim, ôta la hache et les girites
qui y étaient attachés, délia les
pieds d'Elmass ; et l'y ayant fait
monter, il saisit la bride, et se mit
en marche. Mehemet monta aussitôt à cheval, et le suivit au pas.

Ibrahim, semblable à la plupart
des gens de son espèce, joignait à
une bravoure farouche et sangui-
naire la crainte momentanée qu'ins-
pire un chef accoutumé à commander impérieusement. La présence et
l'emportement de Mehemet exer-

çaient sur lui une influence à peu
près semblable à celle qu'on sup-
pose à certains serpens, qui fasci-
nent de leurs regards seuls la proie
qu'ils veulent saisir. Il resta long-
temps sans bouger, suivant des yeux
les deux Curdes, qui s'éloignaient
lentement; mais lorsqu'il les eut
perdus de vue, sa rage et son désespoir reprirent leur essor, et il parut
un instant vouloir les tourner contre
lui-même. Il arma son pistolet, le
tourna contre sa poitrine; puis le
lançant avec force contre une pierre,
où il se brisa : «Lâche, s'écria-t-il,
lâche Ibrahim, tu crains de mourir !
Que diront les enfans du Beilam,
quand ils te verront paraître à pied,
un bâton à la main, comme un pâtre
des montagnes? Ils diront : Ce n'est
pas un homme d'armes, ce n'est pas

un guerrier; c'est une femme, un
Juif travesti : on lui a ôté son cheval, on pourrait lui ôter son turban
même, sans qu'il sût se venger......
Oui... oui, je me vengerai! cria-t-il
en poussant un hurlement affreux et
en grinçant des dents; la vengeance
seule peut guérir mon cœur; la vengeance allégera le poids que je porte
là. Oui... l'heure de la vengeance
est arrivée! » Et aussitôt, comme
animé d'un dessein infernal, il ra-
massa sa hache, et suivit les traces
des chevaux, qu'on apercevait sur le
sable.

FIN DU DEUXIÈME VOLUME.

www.ingramcontent.com/pod-product-compliance
Lightning Source LLC
Chambersburg PA
CBHW070906030726
47504CB00005B/1479